火縄銃と見た夢

松原喜久子 作
高田 勲 絵

火縄銃と見た夢

柗原　喜久子　作
高田　　　勲　絵

火縄銃と見た夢

もくじ

一　お持筒の長屋

ぽろり。

かかさんが手にした長い柄を手もとで左右に開くと、先の窪《くぼ》みから丸い玉が落ちた。

——いいなあ、わたしも玉づくりがしたい。

きりはため息をつく。

「ほら、きり、玉はできましたぞ。ぼんやりしていないで、次を渡さんかね。あんたがぼんやりして遅れると、流れが悪うなるからね」

きりは、急いで火鉢の脇の縁高《ふちだか》の盆から、鉛の板を取り上げて、かかさんに渡した。鉛の板は、いつもひんやりと冷たい。火鉢の中では、崩れぬよう、火持ちのよいように組み上げられた炭が、裾《すそ》を黒く残して赤々と燃えている。火鉢のまわりにいるのは、きりとかかさんのほかに、姉のさよ、ばばさん、それに隣のつゆ、女ばかりである。

玉づくりは女の仕事で、鉛の玉は戦《いくさ》で使われる火縄銃の弾《たま》である。きりのかかさんは、生まれながらの玉づくりの人のように、見事な手つきで玉を作る。

鉛板を溶かす柄の長い鋳鍋《いなべ》は、平たいしゃもじのようで、流し出すための注ぎ口がある。それを火鉢の火にかざす。中に入れた鉛板がどろどろと溶けると、その注ぎ口から、そろりそろりと玉型に流しこむ。玉型は、鋼鉄の柄の長い鋏《はさみ》のようなものの先にある丸い窪《くぼ》みである。窪みができるのは、柄を閉じているときで、窪みの中に流しこまれた鉛が冷めて固まったら、玉はできあがり。柄を開けば、できた玉が落ちる。

右手で鋳鍋を持ち、溶けたどろどろの鉛を左手の柄の先の丸い窪みで受けるかかさんの手際は、よどみがなくて美しくさえ見える。姉のさよとつゆは、ともに十五歳で玉づくりをするが、かかさんにはかなわない。

かかさんは、自分の手は休めずに、

「そうそう、つゆさんええぞ、その調子、その調子。そろそろ流しこめば粗相《そそう》もないわねえ」

「さよ！　あんたはもう少し玉型の柄をしっかり握りなされ。そうじゃ。平にまっすぐじゃ。傾いて熱い鉛がこぼれたら大変だからね」

と、世話をやき、つゆやさよの玉型にも、手もとの隙《すき》をみつけては、溶けた鉛を入れてやる。かかさんは手はもちろん、口もせわしい。

「わかっております。わかっております」

と、さよは不満を少しこもらせるが、逆らったりはしない。

「はい、おばさん」

と、つゆは素直でかかさんを喜ばせる。

――わたしはだめじゃ、うるさいかかさんと思ってしまうわ。


これまでの戦《いくさ》では、刀や槍《やり》、薙刀《なぎなた》、弓矢などが武器であった。そのどれもが、ひとかどの使い手になるには、長い長い修業が要った。それは生まれながらのお侍《さむらい》でなければ難しい。だから、その長い修業の末に名手となれば、戦の場でも名のりを上げ、名誉をかけ、誇りを持って戦った。そういう戦の形を変えたのが、火縄銃である。

火縄銃は火縄で火を点火薬につけて、発射の火薬を誘って爆発させ、その力で鉛の玉を

発射させるのである。火薬を使うのであるから、破壊力が違う。ドーンと音をたてて発射すれば、人はむろん、馬だってひるむ。攻撃の力は、これまでの武器の何倍にもなる。

室町の時代の終わった後で、あちらこちらで多くの英雄が勢力を張って対立していた。領主は領地を広げ、領民を増やしてもっと勢力を広げたい。やがては大名となって天下を治めたいと、野望は日々ふくらむ。小ぜりあいは戦《いくさ》になり、戦は日常に組み入れられて、近隣との和睦《わぼく》と離反をくり返していた。

抱えている雑兵《ぞうひょう》に石つぶてを一斉に投げさせる作戦もあったのだから、そうした雑兵に、威力の勝った火縄銃を持たせたいと、だれもが思ったであろう。

十五世紀にヨーロッパで作られた火縄銃が種子島に伝わったのは、天文十二年（一五四三年）で、それまでの刀鍛冶《かじ》が火縄銃を作るようになると、「火縄銃を手に入れよ」「火縄銃を扱う雑兵を育てよ」と、領主たちは競った。このころの火縄銃の射程距離は二百メートルくらいであったというが、なかには千メートルに達したものもあったそうだから、領主たちにはどんなに魅力的であったろう。

きりの父親助三郎は百姓であったが、徴用で戦にかかり出された折りの働きで、足軽にとりたてられた。

そして、火縄銃の指南を受けた後、鉄砲隊のひとりになった。

やがて、鉄砲足軽が集まって住む長屋に移ってきた。その長屋がお持筒《もちづつ》の長屋である。

そこに住むのはみな鉄砲隊の家族で、二軒、三軒と寄り合って、銃後の玉づくりをしている。

きりたち一家が移ってきたとき、つゆの家族はもう前からの住人であった。

「よいお仲間を迎えました」

と、色白の顔をほころばせて迎えてくれたつゆの母親が、玉づくりや火縄作りを教えてくれた。

「玉型はこんなふうにお持ちなされ」

「鋳鍋《いなべ》は平に持ってくだされね。溶けきらないうちに注ぎ口からこぼれないように」

と、手も取って親切であった。

——玉づくりは面白そうじゃなあ。

固い板が火の上で溶けてどろどろになり、それを玉型に流して冷めるのを待つと、丸い玉になる。

面白そうだが、「遊びではないから」と、きりは手を出させてもらえない。姉のさよとつゆは、互いのかかさんといっしょに玉づくりを手伝う。きりは、火鉢の脇の縁高《ふちだか》の盆の中から、かかさんの指図を受けて、鉛の板を渡すのと、できた玉を木箱に詰めたり、戦《いくさ》の場まで持ち歩く胴乱に詰めたりするのが役割であった。

箱や胴乱に詰めるのは、ばばさんといっしょであるが、ばばさんには、ほかに玉のへそを切る仕事がある。固まった玉を取り出すとき、玉型を左右に開くと、中心に小さな穴があいて、ひらひらとした余分な鉛が残って玉についてくる。これが玉のへそで、ばばさんはそれを鋏《はさみ》で切り取って整えるのであった。

「きりも代わってやってみるか」

と、代役を引き受けたことがあったが、張り合いがなかった。

「どんな仕事にもつまらぬところはあって、それを引き受ける者が要るんじゃよ」

と、ばばさんはくり返して言った。

――でも、わたしはやっぱり玉づくりがしたい。姉さんやつゆさんが羨《うらや》ましい。

けれど、きりはばばさんといっしょにいるのは好きだ。大好きだ。ばばさんは、きりの生まれる前の村のことや、これまでに出合った不思議な話も聞かせてくれる。狐《きつね》が木の葉

をお金に変えた話もあって、

「ばばさん、それはほんとうか」

ときくと、

「さあてね」

と、とり合わない。

　玉づくりをしているかかさんが、耳だけをこちらに向けていて、

「そりゃあ、ばばさんが言うのだからほんとうさ」

と口出しするが、目が笑っている。

「ばばさんはなんだってよく知っているなあ」

と感心する。

「なあに、たくさん暮らしてきたからさ。長い間には出合ったことも多いもの」

と、すましている。

「そんなら、長生きはいいことだねえ。たくさんわかることが増えるもの」

と言ったら、

「そうさねえ。耐えることばかりだったけどなあ。でも時が過ぎればみな思い出の種、話

の種になるさ」

と。

きりたちがお持筒《もちづつ》の長屋に移った日、長屋の入り口には、群れてタンポポが咲いていた。そして、つゆのかかさんが玉づくり、火縄づくりの指南役であったのに、タンポポの白い綿毛が散ってしまったころから、つゆのかかさんは玉づくりに出られない日が多くなった。

「足がしっかり立ちませんのじゃ」

「手足がしびれて利きません」

「歯の根もとがうずきます」

と、色白をいっそう白くして訴え、やがて、仕事場へはつゆひとりになった。

つゆにはゲンという弟がいて、長屋に移ったその日から、きりとは仲良しになって誘いあって遊んだ。ゲンはつゆより年下の十である。

「きりちゃん！」

と誘いにきてくれる。そのゲンも、かかさんが病《やまい》がちになると、誘ってくれるのが減った。

「きり、もっと腰を据えて手を前につき出すんじゃ」

「こうかい」

「そうそう、気を抜いてはいかんぞ」

きりは二日前に誕生日を迎えた。

「きりも十三の誕生日が来たんじゃ。そろそろ玉づくりをさせてやってはどうじゃ」

と、ばばさんが口添えしてくれて、望みの玉づくりに加わったのである。

——うれしいよ。ずっと見ていたんだから。すぐにできるよ。

と思っていたが、見ているのと道具を握るのとでは違う。

「きり、柄の握り方はこうじゃ」

「はい」

「鋳鍋《いなべ》は真上にかざすんじゃ。中途半端なところではだめじゃ」

「このあたりかえ」

「もっと先じゃ。火種のまん中に鋳鍋の底があたるように。そこへ鉛板を入れる。ほら、手が揺れておるぞ。腰じゃ。腰をぐいと据えるんじゃ」

「こうかえ」

「まあ、それでよいが、まずは鉛を溶かすことからじゃ」

「……」

「玉型を持つのは、もっと握り方に慣れてからじゃ」

「……」

「それ、それ、ああ、もちっと」

などと、かかさんは絶えず世話をやく。

——玉づくりはしたかったが、かかさんの小言はかなわんなあ。

玉づくりにきりが加わると、かかさんの口世話は、きり、姉のさよ、隣のつゆの順で、きりがいちばん多い。

「ばばさん、もういくつできましたかえ。へそはきれいに切り取ってくだされ」

と、ばばさんにも世話をやく。

かかさんは、働きよいように着物をゆったりと着て、田畑に出るときはかづら巻（布に包みこむ髪型）であった髪をゆるく結い上げ、火鉢の前にでんと構えて、だれかれなく指図をしながら、自分の手もとはちゃんと確かである。溶けた鉛をそろりそろりと柄の先の玉型に流し入れ、火からはずして持ち、ほどよいところで、ひょいと柄を開く。

ぽろり。

できたての玉がこぼれ落ちる。

「ほうら、またできましたぞ。ほんとにわたしらの作る玉は、よい玉じゃこと」

その間にも、

「きり、この手もとをよく見ておくんじゃ、ほら、こう腰をしっかり据えて」

と、口は休まない。

――ああ、あ、またじゃ。楽しみじゃった玉づくりも、まずはかかさんの小言の雨じゃ。

と、うんざりもするが、

「きり、ほらその鉛の板を取っておくれ」

と指図を受け、盆から鉛の板を取り出して渡すだけの役目よりはずっとよい。手加減の要ることは難しいけれど、張り合いのあることだと、きりは気づいていた。

――あのひんやりと冷たい板が、わたしが火にかざすと、どろどろと溶けるんだね。

不思議である。

――はやく姉さんやつゆさんみたいに、玉型も握って丸い玉を取り出したいよ。

「つゆさん、おっかさんの具合はどうかえ」

かかさんは、玉づくりの手を休めないで、毎度毎度口で見舞う。

「はい、玉づくりも火縄づくりもできなくて申し訳ないって。でも粥《かゆ》はよく食べられますから大丈夫です」

と、声が小さくなる。毎日毎日たずねては、つゆが気の毒だと、きりははらはらする。

――口見舞いは、すればよいというものではないのに。

つゆと姉のさよは、玉づくりだけであるが、かかさんは火縄も作る。玉は玉型に流しこんで作るのだが、火縄はすべて手が慣れて覚えるものである。よほどの上手でなければ、しょぼしょぼと火の走る役に立たない縄になる。

「いまにつゆさんやさとができるようになろうが、今はわたしひとりになって忙しい、忙しい」

と、かかさんは玉づくりをふたりにまかせ、きりの指図をしながら、火縄づくりにも励む。

火縄も鉛の弾《たま》も、使えばなくなるものであるから、日々補って作らねばならない。しまいということがない。ともに、前にはなかった仕事である。今は、このお持筒《もちづつ》の長屋の女や子どもの大事な仕事だ。

二つも三つもの家族が集まる仕事場は、女たちの声が響く。これまで女の集うところは水場であったが、ここお持筒の玉づくりの場も、今は大手をふっての新しい女の集いの場所となっている。だれそれの噂《うわさ》話手柄話から、狐《きつね》に化かされた話、男が戦《いくさ》の場から持ち帰った話と、笑い声も加わって、長屋のあちこちは賑《にぎ》やかだ。

つゆの母が加わらなくなって、他所《よそ》ほどではないが、かかさんはひとりどんどん元気が増している。中央に据えた火鉢と同じように、でえんと構えて、

「ほら、それをこっちへ」

「いくつできましたかえ」

「つゆさん、今日はええ柄のおべべですなあ」

と、声も弾んで、お愛想も添える。

傍らの柄の付いた皿状の器には、先にできた鉛の玉が並んでいる。その平たい皿には、ひとつひとつ玉を納める窪《くぼ》みがあって、全部が埋まれば十となる。玉を取り出したり、納めたりするときの基準になる数で、その十が埋まると、ほうと肩の力が抜けて、いっとき

話が弾んだりする。

　すると、

「ほらほら、おしゃべりはええが、手は留守にせんように。新入りのきりは気を抜くな。人の作るのをよう見て、はよう覚えるのじゃ」

と、かかさんから声がかかる。

「わかっている、わかっているって」

と、つい言ってしまう。

――かかさんは、ほんと、口も手もせわしいお人じゃ。

「溶けた鉛は大火傷《おおやけど》のもとじゃ。気を抜くことならんぞ」

と、くり返す。

　玉型の柄には、二匁《にもんめ》（約十・七ミリメートル）と刻印がある。それは、きりやつゆの父親の持つ火縄銃の筒の幅を示している。きりたちは二匁の鉛の玉を作っているということだ。玉は、三匁、十匁、百匁のもあると聞いて、

「ひゃあ、その百匁というのは、どんな大きさじゃろうか」

と声を上げたら、

「きり、余計なことは言わんでいいよ。この二匁《にもんめ》も立派なもんじゃ。一匁玉だってあるんだから」

と、かかさんは気を悪くした。

——へんなかかさんじゃ。何も二匁がつまらんなどと言うてはおらんのに。

二　張り合いがある仕事

「さあ、始めましょうか」

お持筒《もちづつ》の人たちは早起きである。畑をまわったり、あれこれの手入れをしたりした後、朝の腹仕度がすむと、火鉢の火がちょうどよい頃合《ころあ》いになって、かかさんが声をかける。火鉢に炭を起こすのも、むろんかかさんであるが、

「かかさんは玉づくりとなると、ほんに手際がよいなあ」

とばばさんを感心させる。

「はあい、おはようございます」

と澄んだ声で、つゆが加わり、さと、ばばさん、きりと全員が火鉢を囲む。朝の柔らかい空気が、しゅわっと集まってくるような気がする。同じように、お持筒の長屋のあちこ

ちで、玉づくりが始まる。

けれど、弾《たま》を発射させるための玉薬《たまぐすり》（火薬）は、扱わない。火の近くで火薬を使えば、何かの拍子で爆発するかもしれない。だれもが、火は何よりも大事であるが、何よりも危うく怖いものと思っていた。


「熱《あつ》っ、熱っ、熱っ！」

触ってもいないのに、かかさんは大袈裟《おおげさ》に声をあげながら玉づくりに励む。鋳鍋《いなべ》を傾け、溶けた鉛を左手の玉型に滑らせるように流しこむ手つきに、きりは感心する。差し出して、流して、ひょいと手を引くと、玉型の中には、ちょうどよい分量が入っている。

――さすがじゃ。

玉型が冷める頃合《ころあ》いも過不足なく、玉型を皿の上に移して、ひょいと柄を左右に開く。

ぽろり。

落とす高さも、受ける位置もぴったりだ。

「まあ、ほんとうにいい玉だこと」

かかさんの顔がほころぶ一瞬である。

固い板が溶けて、また形を変えて丸く固くなる。鋳鍋《いなべ》の中で、板はまわりから形がゆるんで、中が浮くように盛り上がり、どろどろになって底にたまる。流れるようになれば、どこで途切れさせてもよく、途切れたものはそれだけでまた、入れられた形の中で冷めて、型どおりの固いかたまりになる。

土をこねるように、手で形が作れたら、角を作ったりして、面白い形にできるのに、などときりは思い、不思議で仕方がない。

「かかさん！　そのどろどろはどのくらい熱いかえ」

と、ついたずねてしまったら、

「触ってはいかんぞ！　ばかなことを考えてはいかん！　手もいっしょに溶けてしまうぞ」

と、声も顔もあらげた。

——きいてみたまでじゃ。でも、かかさんは、わたしが思ったことがわかったんじゃろうか。

あまりのけんまくに、

「きりはまだ子どもだから」

と、さよがとりなしてくれたが、それを制して、

「子どもじゃから、きつう教えんといかんのじゃ」

と、ぴしゃりと封じた。

いつもはゆるゆるとしているばばさんまでが、

「そうじゃ、危ないことはきっちり教えておくもんじゃ。自分で身を守れるようにしてやるんが親のつとめじゃから。危ないことに出合って、ほかのせいにするのは卑怯《ひきょう》さ」

と添えたのだった。

玉づくりに加わって、おとなの仲間入りだと思ったのに、都合によっては子どもにされる。――おとなになったり、子どもになったり、わたしは大変じゃ。

つゆとさとは、そんな空気を心得ていて、ふ、ふ、ふと目くばせをして、鋳鍋《いなべ》の柄を差し出している。


「ねえつゆさん、お城下の小間物のお店に行ったことがあるかえ」

「いんや、かかさんは行ったそうですけど」

「村にいたとき、店の衆が荷を担《かつ》いで来られましたんじゃ。柳行李《やなぎごうり》（柳材で編んで作った荷物入れ）を担いで」

「何が入っていましたか」

「薬や細々《こまごま》したもんがいっぱい。紅や白粉《おしろい》も」

「紅ですか」

と、つゆの頬《ほお》がゆるむ。

「かかさんは、半襟《はんえり》（着物の下に着る襦袢《じゅばん》の襟にかけて装飾とするもの）を買ってもらいましたぞ、ばばさんに」

「まあ、ええこと」

などと、つゆとさとは、仕事の隙《すき》を見つけてはよく話し、よく笑う。袖口《そでぐち》に手を潜ませて口もとに当てて笑ったりもする。ふたりが笑うたびに、後ろで束ねた豊かな黒い髪が傾《かた》ぐ。さよなどは、片手を床について、足を片流しに座って、

「ふふふ、ほ、ほ、ほ……」

と笑うが、かかさんはうれしそうに眺めている。

——やっぱりわたしは子どもだ。あんなふうに、ふふふ、とか、ほほほ、とか出てこないもの。おとなになると何かが変わるんだね。

けれど、鋳鍋《いなべ》や玉型を手にしているときのつゆやさよは、別の顔である。きりりと口を結ぶ。袂《たもと》を口もとに当てて笑う顔とは別人で、その顔もきりりは好きだ。

そして、何より好きなのは、みんながひとつになって、火鉢を囲んでいるときである。

「ほんとに張り合いがある仕事だねえ。ととさんのため、お城のお殿さまのための仕事だもの」

かかさんは元気を増し、手も口も弾む。

「つゆさん、かかさんの具合はどんなだえ」

と、見舞いのことばも忘れない。そのたびにつゆは顔をくもらせるので、きりは胸の奥が痛いのに、

「玉づくりができないのはお気の毒じゃね」

と重ねる。

「つゆさんのかかさんは、もうずっと働いてきなさったんだから。ゆっくり休めばええよ。ととさんも立派な鉄砲隊だもの。心強いわねえ」

とばばさんはとりなし、

「つゆさん、少し足を崩したらいいよ。立つときに辛《つら》くないかえ。行儀がよいねえ」

と添える。

「はい」

とは答えるけれど、つゆはそのまま、きれいに足を折って座り続けている。束ねた髪がまっすぐ背中に添っている。きれいだ。

「何もかもに目を配って鋳鍋《いなべ》を火にかざし、玉型を扱うんだから、わたしはこの足でなきゃできないのさ」

と、かかさんは先まわりして、片足を立てている言い訳をする。

――ふ、ふふ、ふっ。

「ねえ、ばばさん、女もこんな仕事ができてよかったわね」

と、矛先《ほこさき》を向けられたばばさんは、

「そうかえ。わしは畑仕事のほうが性に合っておったなあ。けど、あんたのうれしそうな顔はいい顔じゃよ」

と、立ち上がって腰をさする。

「ばばさん、ここはお持筒《もちづつ》ですぞ。もう畑仕事ばっかじゃないんだから、少し着物の丈を長く着てはどうかえ」

と、かかさんの目は、どこへでも届く。

「腰が痛かったら、よしてもいいよ」

とも言い添える。

「ああ、あんたもひと休みせんと疲れるよ」

と言っても、

「なあに、ちっともさ。ととさんといっしょに戦《いくさ》に出ている気分さ」

「そうかえ。わしはやっぱり百姓がええなあ。この鉛の玉がだれかを殺《あや》めるかと思うと、せつなくなるんじゃ」

「またかい、ばばさん。このほうが張り合いがあるのにねえ。畑は種をまいてから長いが、これは見ている間にできる。すぐに仕事が見えるのが好きさ」

と、かかさんは力む。

「そうかえ」

「そうに決まってるわね。この仕事は気持ちが弾むわね」

とくり返し、ばばさんは、

「そうかえ」

としか言わない。

――トシちゃんは今ごろ何をしているだろう。

一日励んでできた鉛の玉を、ばばさんと箱と胴乱に詰めて、きりの仕事は終わった。箱や胴乱に納めると、鉛の丸いかたまりは、玉から弾《たま》の姿になる、ときりは思う。火鉢やら道具やらは、かかさんとつゆ、さよの三人で、片づけるというよりは、明日のために寝かせておく、という感じだ。

トシのことを、くり返して思い出す。トシは、村にいたとき、畑を隔てて住んでいた仲良しで、コメばあさんの孫である。コメばあさんは、きりのばばさんの仲良しだ。ばばさんは、「コメさ」と呼ぶ。

トシと別れてこのお持筒《もちづつ》へ来たのは、水がぬるんで、草も木も芽吹き始めたころだった。長屋の出入口には、タンポポが咲いていた。

そのタンポポが咲ききって、白くふわふわと風に揺れていた綿毛も、少し大きな風に遠くへ持ち去られ、菜の花も、れんげも咲き終わった。

つばめも来た。

降り始めた雨は、ちょっと上がったかと思うとまた降って、夕どきに戸口に立つと、景色が鈍色《にびいろ》になっていた。

「湿気《しけ》ると火縄のできが悪うなる」

と、かかさんは火縄づくりのたびに愚痴をこぼす。

「口に入るものはみな、この水のおかげじゃ。雨は天からのお恵みじゃ」

と、ばばさんは聞き流す。

みんな薄い着物を短く着るようになって、じゅわっと迫る暑さに耐える。

暮らしが変わり、かかさんは腰からげを下ろし、束ねた髪を頭の上にのせている。ととさんも、鋤《すき》や鍬《くわ》を火縄銃に替えて、労役や訓練に出かける。火縄銃の上手が指南役で、鉄砲隊を集めて、火縄銃の扱い方や撃ち方を教え、的をめがけて発射をくり返すのだそうだ。

「だから毎日使う玉や火縄が要るんさ」

と、かかさんが励む。

ととさんは、火ぶたを切るとき、火の粉が懐《ふところ》にとびこまないようにと、火事場へ向かうような胸当てをつけて行く。それが、

「勇ましい姿だねえ」

と、かかさんの気に入りだ。

出陣に備える日々だから、暮らしは守られていて、流れの近くの小さな畑は、おおかたばばさんの受け持ちだ。

けれど、鉄砲隊などといっても、新しく抱えられた雑兵《ぞうひょう》。足軽なので、馬などは持たない。足もとは、足半《あしなか》と呼ばれる足の前半分の小さなわら草履《ぞうり》である。足裏半分ほどしかないが、足にしっかり着いて、芯が緒まで続いているので丈夫で滑らない。走りまわる役には好都合であるが、きりは嫌いだ。子どものわらじより小さい半分の履物は、なんだか履く人も半分に扱われているような気がする。

鉄砲を使うのは、生まれながらの武士でなくてもよい。指南に添えば、格別の力持ちでなくても丈夫な男子であればよい。

「ドーンという音と痺《しび》れるような響きに耐えられなきゃだめさ」

と、かかさんは言うが、百姓も領主の命令ひとつで雑兵にかり出されるのだから、鉄砲隊を志願するのは、賢い選択だと思われていたようである。

「はように倅《せがれ》（息子）を死なせたのは口惜しい。生きておれば鉄砲隊になれたのに」

コメばあさんの繰り言を、きりは何度も聞いていた。

——ほんとうにそうだったら、トシちゃんもいっしょにこのお持筒《もちづつ》に移れたのにねえ。

トシとは、幼い日から畦《あぜ》に並んで畑仕事の人たちを眺め、蛙《かえる》や虫を追ったり、花を摘んだりした。それから、数珠玉をつないで遊んだり、手まりを転がしたりもした。とうもろこしの赤毛と皮で、人形も作った。

――別れのときは悲しかったよ。

めいめいの身のまわりの物を風呂敷に包んで背中にくくりつけ、両手に提げればしまいの宿替《やどが》えであった。

その朝、二日続きの木の芽起こしの雨は上がったが、遠くの山の城は、霧に隠れて見えなかった。ばばさんふたりは、手を取って別れを惜しみ、トシは口を結んだままで、きりも黙って耐えた。

「達者でなあ」

コメばあさんの声を背中に受けて別れた。

芽吹き始めた草の道をしばらく歩くと、遠くの霧が消えて、山の上に城が現れた。このお持筒《もちづつ》の長屋は、その城のずっと麓《ふもと》で、「あれは出城じゃ」といわれる四つの寺を見上げる場所である。ずっと下ると川になる。

三　水曲の村

水曲《みわた》の村は、山ふところに抱かれた高い盆地である。東のはずれに山がある。

時代時代で様子は変わって、領主は自分の領地を守り、もっと広げたいと考えるようになると、あちらこちらで小ぜりあいがくり返されるようになった。領主の徴用とあれば断ることはできない。にわか仕立ての雑兵《ぞうひょう》となる。目の前にあるのが戦《いくさ》であれば、河川の決壊で押し流された田畑もそのままで、当分はもどる見込みのない川欠《かわかけ》となる。それがまた民を戦へと向かわせる。

使役のはじめは、領主の邸を取りまく場所での人夫仕事で、堀を作ったり土塁を盛ったりだったが、砦造《とりで》り、城造りへとのびていった。守りの急場の堀は、空堀《からぼり》でもよかったが、土塁は常に木も草も生やしてはならない。構えであるから、そこに人が潜み隠れることを怖れたのである。これは城も同じで、山城であろうが、平城であろうが、木も草も嫌った。緑の茂る城の景観は、戦《いくさ》の治まった余裕の姿なのである。

そんな城、戦ともなれば情報を集めたり、発信したりは、何よりの重大事であるから、地の利を追って、この水曲《みわた》の村の城は、やがて山の上となった。山の上ならば、他国へ続く街道へのにらみもきき、烽火《のろし》をあげて知らせたり知らされたりの便もよい。眼下一方を流れている川は、そのまま自然の堀の役目を果たして、その上物資を運ぶには好都合である。

今の領主は人の気持ちをつかむのが上手で、天然の険しい地形を利用して、攻めにも守りにも強い山城に仕上げられた。石垣の多くは、見下ろす川から運び上げられたそうだが、どれほどの人の力が要ったであろう。命ずる者の強さと、命ぜられた者たちの耐える力の見事な結実である。

山の頂を削って平らにし、本丸、曲輪《くるわ》（城、砦《とりで》など一定の区域の周囲に築いた土や石のかこい）も設けられていたが、断崖や石塁で区画し、要所の櫓《やぐら》、堀、城門などが整えられたのは、もっと後の時代のことである。

そんな水曲の血と汗を秘めた城は、朝霧夕霧がかかると、よく姿を隠した。

「おお、お城じゃ、お城が見えた」

風に霧が持ち去られて、朝霧や夕霧に隠れていた城が姿を見せると、野良に出ていた者たちは、腰を伸ばして、空と一体になった城を眺め仰いだ。

「あそこから眺めれば、合図の烽火《のろし》もよう見えるだろうなあ」

「水曲の村じゅうを見張っておられるわい」

と見惚《ほ》れる者もいるが、

「霧が隠せば、村に何かあっても見えんのと違うか」

と案ずる者もいた。

けれど、そのどちらの人も、戦《いくさ》のために最初の犠牲になるのは自分たち民だと知っている。多くは、これまでに田畑を荒らされたり、無理な徴用で家族を失ったりの苦い記憶を持っていた。


今、城は山の上で、霧に見え隠れする。その山の麓《ふもと》、川よりはずっと高い場所に四つの寺がある。川の中から眺めると、川岸から見上げたところ、山の城に続くなだらかな高みを背にして並んだ穏やかな景色である。

石積みの上の寺は、瓦《かわら》をのせた白い漆喰《しっくい》壁が巡らせてあり、その壁から釣鐘《つりがね》が見える。塀からまっすぐに高く上に伸びているのは、火の見櫓《やぐら》である。川から上がって寺をめざして歩けば、すぐにでも行き着けそうに見えるが、はじめての者には、簡単ではない。ゆるゆると坂を右に左に折れて歩かねば、田や畑や流れが邪魔をしている。ようやく石積みの上の道に出られても、そのまま寺へは続かない。それぞれの寺へは、迷路のように入り組んだ道を辿《たど》らねば着かない。

つまり、その寺々を巡る道の先に、山の上の城につながる道がある。遠くからののどかな寺の姿は表向きで、実は、寺は山の城への備えとしての砦《とりで》、付城《つけじろ》、出城《でじろ》なのである。

攻め寄せる敵は、ここで防ぎ、ここで迎え撃つ。城までは登らせないという構えである。塀の内は、人の備えの場、武具の備えの場から、人の口を凌《しの》ぐ蓄《たくわ》えの場所にもなっていた。僧衣をまとい、数珠を手に読経する僧侶も、事を構えれば僧兵となる。鐘楼の鐘も、常は刻《とき》を告げてのどかに鳴っているが、一朝《いっちょう》事が起きれば、半鐘《はんしょう》とともにさまざまの合図に使われる。高い火の見櫓《やぐら》は、むろん見張りの場所である。

きりたちの住むお持筒《もちづつ》の長屋は、寺への石積みの下の、川までの平地にある。お城の山を背にしていて、そこから平地を西へ西へと歩いていくと、前に住んでいた場所に行く。

コメばあさんにもトシにも、出会うことなく日が過ぎている。
――今ごろは、どうしているだろう。

ドーン
朝に響き、
ドダーン
夕刻《ゆうどき》に鳴る。
ととさんたち鉄砲隊の火縄銃の練習だ。具足《ぐそく》というほどのものではないが、手甲《てこう》（布や革の手の甲をおおうもの）、脚絆《きゃはん》（歩きやすくするため脛《すね》にまとう布）をつけ、胸当てもつけて出かけるととさんに、
「男ぶりがようなるねえ」
と、かかさんは声をかけるが、
「持つものが鋤鍬《すきくわ》から火縄銃に代わっただけじゃ」
と、ばばさんはつれない。
陣笠もかぶる。肩から吊《つる》したり腰につけたりする胴乱《どうらん》には、火縄や鉛の弾《たま》、硝石《しょうせき》や硫黄

などを混ぜた火薬の入った口薬《こうやく》入れ、火打道具、手入れの道具などが入っている。粗末なものだが脇差《わきざし》もある。首に掛けられているのは早合《はやごう》。早合は、一発分の弾《たま》と火薬を入れた筒を、いくつも紐《ひも》でつないだものである。実戦での素速い動作のために、考え出されたのであろう。その早合が下がっているのは、飾りのようで、きりは好きだ。

けれど、かかさんの言うように、「男ぶりがようなる」ということはわからない。いつもとは違う顔になることかなあ、と思ったりする。

「ええお姿じゃ」

などとかかさんが添えると、

「だれとも知れん遠くの人に銃の口を向けるのかえ」

と、ばばさんは不平口を利くので、

「さあさあ、また玉づくりに励みましょう。忙しい、忙しい。ほんとうに張り合いのある仕事だねえ。わたしの作る火縄は火持ちがよいそうじゃ」

と、口を尖《とが》らせて、かかさんはいっそう仕事に力を入れる。

火縄に使う材には、竹や麻、木綿、檜《ひのき》などがある。竹は火付きはよいが、湿気に弱い。雨や霧に当たれば、火付きも火持ちも悪くなる。火縄についた火を、ゆっくり燃やし、消さないように胴火（金属製の火縄を入れて持ち歩く道具。火縄入ともいい、カイロのようなもの）で持ち歩くには、木綿がよい。

かかさんは、算段をして木綿の火縄を作っているのである。


ばばさんはこのごろ機嫌が悪い。

「雨は生きる者へのお恵みじゃ」

と日ごろくり返しているのだから、この降ったり止んだりの雨の季節のせいではないだろう。コメばあさんとの無駄口が絶えたからかもしれない。田の草取りの間でも、ひと休みの畦《あぜ》でも、ふたりは楽しそうだった。

「ほら、〇〇さんの今度生まれた男の子は、大きな子じゃや、ええ子じゃゃ」

「△△さんのおっかさんの具合が心配じゃや。ずいぶん悪いそうだから」

「□□さんの怪我《けが》は治ったよ。信心深いお人だから、よかったわね」

と、コメばあさんは村じゅうのことをよく知っている。でも、それはただの噂《うわさ》好きではない。お産の手伝いもし、病人や怪我の人に代わって用も足してやる。

「助け合わなきゃ人は暮らせないんだよ」

と、おまじないのようにくり返す。

「コメさは話好きじゃが、人の悪口は言わぬお人じゃ。相手が重うならぬ世話をするのは、並の人ではできぬ」

と、ばばさんの気に入りであった。いつかもばばさんが足を痛めたおり、遠くから薬草を摘んできてくれた。

「これを煎《せん》じて飲めばよい。揉《も》んでつけても効くぞ」

と差し出すのを、

「この草のどのあたりを、どう煎じるのがいいのかえ。頭のほうかえ、根っこかえ」

とかかさんが問うている間に、

「ええ、ええ、おまえさんは仕事の手を休めんでよいわ」

と、手際よく煎じて飲ませ、手で揉んだ薬草は、痛いというところへあてがってくれた。

「コメさはよう気の利くお人じゃ」

と、ばばさんはいっそう気に入ったようだ。

ととさんの働きが認められて、このお持筒《もちづつ》に来たのであるが、

「年をとってからの家移りは難儀じゃ。小さなことも勝手が違って困る」

と、ばばさんはくり返し、

「暮らし向きがようなりましたのに」

と、かかさんをがっかりさせる。

ふたりの間で、きりはどちらがよかったかと、考えてみることがある。けれど、何度考えを巡らしても、よくわからない。かかさんのことばが少し改まって、小言がいくらか減ったかもしれない。これはいいこと。けれど、トシちゃんと遊べなくなったのは寂しい。田や畑のでき具合の悪いのを、かかさんが嘆くことがないのはいいが、ととさんが火縄銃といっしょに留守が多くなったのは心配だ。

うれしいのは、隣にゲンがいて仲良しになったことだ。でも、最近は、ゲンはかかさんの病気の世話があって遊ぶことが少なくなった。きりにも、玉づくりの手伝いが増えている。

それでも、ときおり、「きりちゃん！」と誘ってくれて、手製の竹馬を貸してくれたり、川へ魚をつかみに行ったりする。トシとの遊びも楽しかったが、きりは男の子の遊びも好きだ。

「きりちゃん、今からはだめか」

とゲンが誘うのが、つゆが玉づくりから戻った夕方であると、

「すぐ日が暮れるぞ」

と、かかさんの声はくもる。

「いいからゲン坊と遊んでおいで」

と、ばばさんが助け舟を出してくれる。

「今日は何」

「魚つかみじゃ」

と、もう駆け出して、畦《あぜ》近くの小さな流れに向かっている。

「またかえ」

と問う間もない。追いつくとゲンは、はや流れに足を入れ、藻を分けて探っている。ゲンは魚をつかむ名人だ。石や藻の間に潜む魚を、すいと手でつかむ。モロコ、フナ、ハエにドジョウ。つかんだ魚は、道端の強く長い草を引き抜いて、鰓《えら》から口へ通して下げる。

「きりちゃん、ほら」

と受け取ると、草を通されてもまだ口も鰓もぱこぱこ動いている。

「きゃっ！　ぬるぬるじゃ」

と、はじめは叫んでたじろいでいたが、もう慣れた。

「わたしもつかむよ」

と裸足で水に入ると、気持ちがよい。魚は捕れずじまいでも、跳ねたの逃げたのと楽しい。

久しぶりに晴れた日は、夏の近いのがわかる。日は長いが、

「暗うなったら叱られるぞ」

と、ゲンはきりを気づかってくれ、夕焼けの消える前に戸口で別れる。

そんな日は、一直線に空気が身体の中を通り過ぎるようだ。

四　火縄銃

「まるでいとしいものを扱うようじゃ」

　と、ばばさんがあきれるほど、ほんとうにととさんは火縄銃が好きだ。訓練に的場へ出かけなくてもよい日は、

「たまにはばばさんの田を手伝ってあげてな」

　と、かかさんにせかされて出て行くが、雨が続けばそれも休みでうれしそうだ。外とは違って晴れ晴れの顔だ。火縄銃の尾を下にして立て、銃の口を覗《のぞ》いたり、銃身をさすったりしている。

「撫《な》でたりさすったりじゃなあ」

　と、ばばさんが不服な口調になるので、きりははらはらする。

雨続きで的場での訓練も減っているので、玉づくりもゆるゆるだ。きりはおとながゆるゆるとしているときが好きだけれど、かかさんは何かすることを見つけて忙しそうだし、ばばさんもわらじを編んだり、日常使いの縄をなったりする。けれど、代わりっこに遊び歌なども小さな声でうたっているから、気持ちはゆるゆるなのだろう。空気もゆるんで、きりはうれしい。

もっときりがうれしいのは、

「おじさん、おれにも火縄銃を見せておくれ」

と、ゲンが来てくれることだ。ゲンの父親も同じ鉄砲隊なのに、銃には触れないのだそうだ。

——変だね、どうしてだろう。

「かかさんが病気になってから、ととさんは変わってしまわれたんじゃ。なんだか鉄砲が嫌いになってしまったようじゃ」

と、ゲンが寂しそうに言ったことがある。

——鉄砲好きが鉄砲隊になるのでないのかえ。

きりはわからないことが増える。

――おとなに近づくと何だってわかるようになると思っていたのに、わからないことが増えるのは、変だねえ。

ゲンは子どもだから、きいてもわからないだろう。

「おじさん、ちょっとだけ触ってもいいかい」

と、ゲンは見ているだけではすまなくなる。

「ああ、ちょっとならええぞ」

と、火縄銃をゲンの膝《ひざ》にのせてやったりするので、

「ここはどうするところじゃ」

などと、声を弾ませる。

「ああ、そこか。それはな」

と、張り合いができて、ととさんもうれしそうだ。銃身を銃床からはずし、台を濡れた布で拭《ぬぐ》い、拭《ふ》き上げる。

「ほう、そこがはずれるんじゃな」

と、ゲンが感心するので、ととさんの元気がいっそう増す。ばばさんは、ちらちらと横目で眺めて、諦《あきら》め顔になる。火皿や火穴、雨おおいも洗って、火薬の煤《すす》を落とす。

ゲンは、磨くときにも手を貸して、

「このとび出したところは何じゃ」

と、銃口の上の三角の出っ張りを触る。

「元目当《もとめあて》じゃ。ほら、筒のずっと先にも同じ形のものがあるじゃろう」

「うん、あるある」

「目に当てて、先にあるのと揃《そろ》え、ねらうものとまっすぐにするのじゃ」

「遠くの的をねらうんじゃな」

「そうじゃ。これは三角じゃが、形はほかにもいろいろあるぞ」

「どんな形じゃ」

「四角で溝のあるものや、山形もある」

「ふうん」

「それに撃ち方はな、時によっても場所によっても違うんじゃぞ」

「どう違う」

「今はもう夏じゃ。今日は雨じゃが、暑くて晴れて遠くまでよく見える日は、火薬の勢いが強い。寒いと力がないわ。雨が加わりゃ、余計じゃ」

「ふん、ふん」

「それからな、距離を測るのにも加減が要るぞ」

「……」

「お天道《てんとう》さまに向かっては、実際より長く見える。そうさなあ、五町（約五十メートル）なら五町三、四反《たん》に見えるなあ」

「ほう、お天道さまに向かうってことは、朝の日も夕方もか」

「ああ、ゲン坊は賢いなあ。その通りじゃ。だからな、お天道さまを後ろにして見るときは、その逆になる」

「短くなるってことかい」

「その通りじゃ、五町のところなら、四町六、七反くらいじゃな」

「そうか、加減をするんじゃな。おれのととさんも知っているかなあ」

「もちろんじゃ。わしと違って黙《だ》んまりじゃが、腕はよいぞ」

と、褒《ほ》められて、ゲンはうれしそうだ。

「もうひとつ教えてやろう」

「なに」

と、ゲンは身をのり出し、目を輝かせてあごを引く。

「水の上のことよ。水の上ではな、ものは近くに見えるんじゃぞ」

「そうなのか」

「そうじゃ。それから、お城には狭間《はざま》という火縄銃をつき出す穴があるのじゃが、そこから見ると、ほんとより遠くに見えるんじゃよ。狭《せば》まっているところから見ると遠くなる」

「そうか。おれもいつかお城から火縄銃を構えたいなあ」

ゲンの頬《ほお》がゆるんだ。

この銃の掃除をして磨くのには、一時《いっとき》（今の約二時間）ほどかかるが、ふたりの楽しみはまだまだ続く。

「ここが火皿じゃな」

「ああ」

「火薬を入れたらちゃんとふたをしておかねばいかんところじゃ。危ないからな」

「そのふたが火ぶたじゃ」

ゲンは、その火ぶたを撫《な》でる。

「ほら、見てみろよ。この火ばさみを上げ、燃えている火縄の先をはさむ。火縄の火は、いつも先がまっ赤になっておらねばならん」

ととさんは、右手で銃の後ろの方を持ち上げ、左手で支えて頬《ほお》に当てた。

「この右手で火ぶたを切り、ゆっくり戻してねらいをつけ、人差し指を引き金にかける」

「ああ」

ゲンは、ごくんとつばを飲みこむ。

「ねらいを定めて息を止め、静かに引き金を絞ると、火ばさみが弾みで落ち、火縄の先の火が火皿の上の口薬（火薬のこと）に火をつける」

「横穴から中の火薬に火がついて、その力で先から鉛の弾《たま》がとび出すんじゃ」

ゲンは待ちきれずに、息まで弾ませて先まわりする。何度でもうれしそうに身をのり出して、ととさんを喜ばせる。

「火縄が燃えつきて火がつくんではないぞ。わしの思いで火をつけるんじゃ」

ととさんは、胸を張る。

生きていれば、きりにはゲンと同じ年の弟がいた。ヒロというその弟のことを、きりはよく覚えていない。

――ヒロがいたら、ゲンちゃんのように聞いてくれたのにね。

ととさんはどんなに口惜しかろう、と思った。

夕方から遠くで稲光りがしていたが、夜半、お腹の底に届くような雷が鳴った。降り続いた雨は、あちこちに水溜《たま》りを残して、上がった。

光が眩《まぶ》しい。チカチカと肌を刺すような暑さが迫る。

「的場での訓練が始まるねえ。戦《いくさ》も近いかもしれんよ」

かかさんの玉づくりが忙しくなった。

「ばばさん、体がしびれて動けなくなるというのは、どこが悪いんじゃろうか」

「病の人にはたくさん出会ってきたが、わしにもわからんなあ。心配なことじゃ」

かかさんもばばさんも、つゆの母親を案じている。

つゆは母親の世話をしながら玉づくりに加わる。

「つゆさん、励もうね」

と、かかさんの声の丸い日はうれしい。

「わたしの作る火縄は、竹や麻なんかじゃないよ。ちゃんと用意があるから綿だわね」

と得意げに言い、

「お持筒《もちづつ》の女は働かねばね」

などと言うときは、つゆが唇を噛《か》んで頭を垂れるので、きりの胸の奥がつまる。

「つゆさん、案じなくていいよ。あんたはほんとうによう間に合うお人じゃ。それにここで作ったものは、みなお持筒みんなのものだもの」

と、ばばさんがとりなす。

けれど、つゆはもうさよとつつきあったりしないし、ふふっと袖《そで》を口に当てて笑ったりもしない。

――辛《つら》いことはいっぱいあるのだねえ。


ととさんはますます留守がちとなり、ゲンもめったに顔を見せない。

長い雨が上がったすぐ後で、

「きりちゃん」

と現れたときは、戸口の土に棒切れで絵を描いて見せた。

「山の上の城はここ。ここは川が流れておる。川は大事じゃ。水の手は守りにもよいし、物や人を運んだりする。歩いては川は越えられんから、堀の役目もするんじゃ。ほら、ここに並ぶ寺が砦《とりで》じゃ。まずはここで守りを固める。攻めてきてもつきあたりばかりの道で、一気には攻められん。火縄銃を構えてバーン、バーンと撃って、山の城までは行かせんぞ」

侍《さむらい》の頭《かしら》のような采配《さいはい》ぶりであった。

「ゲンちゃんは戦《いくさ》が好きかい」

「さあ、それはわからん。でも火縄銃は好きさ。それに、戦になれば負けるわけにはいかんもんな」

「うん」

「なあ、きりちゃん、お城の上からはどこまで見えるんかなあ。ずっと国境《くにざかえ》も越えて見えるんじゃろうなあ。見たいなあ」

「わたしも見たいよ。あのお寺からでもいいよ」

五　上の寺へ

雨の季節が過ぎて、遠くの山も足もとの草も、毎日元気を増す。霧も霞《かすみ》もかからぬ日であった。

城は、白く浮いた雲を背負うようにそびえ、きりたちの一日は、ただただ昨日に続いていた。竹馬での遊びや、川遊びがしたいわけではないが、もう何日も、「きりちゃん！」とゲンが誘ってくれないのでつまらない。陽射しが遠慮なく夏を運んでくるのに、きりの気持ちは晴れない。

「かかさんの具合が悪いので、玉づくりは休ませてくだされ」

つゆが髪を無造作に束ね、疲れた顔で訪れて、声だけはいつもに似ずきっぱりと告げたのは三日前であった。

つゆが加わらないと、かかさんの小言が増える。

「つゆさんの分も頑張らないとね」

かかさんの頑張りも増す。

——つゆさんがいなくなって、かかさんが張り切ると、どうしてわたしの気持ちがふさぐのだろう。

近ごろきりは、ときどき自分の気持ちがつかめない。思いもしない方を向いて、気持ちだけが駆け出しそうになる。


ととさんたちが的場へ出かけて二日が過ぎた。珍しいことではない。

…………………


遠くで空気が揺れた。そんな気がした。

「何だえ、ばばさん！　今遠くで何か聞こえなかったかい」

玉型の柄を握ったまま、かかさんは腰を浮かせている。

「いんや、何も聞こえていないよ」

ばばさんは、腰を据えたままゆるりと答えて、でき上がった鉛玉のへそを切り取っている。

——わたしも聞こえたよ。

きりは耳をすます。さよが、少し腰を浮かせているのも、そのことに違いない。

「気のせいだったかねえ。ここに居りゃ何だってお触《ふ》れがあるものねえ」

さよが座り直し、かかさんは鋳鍋《いなべ》をもう一度火にかざしながら、

「ねえばばさん、お隣は歯の根っこが弱って、食べるのにも難儀してなさるよ。玉づくりも火縄づくりもできなくて、辛《つら》いじゃろうねえ」

と言う。

「そんなことないよ。ととさんはちゃんと鉄砲持ってお出かけでおつとめしておられるんじゃぞ」

きりは、むきになった。

「まあきり、いつの間にそんな偉そうな口を利くようになったのかえ。そんなことは当たり前だわね。でも、ここに住むということは、女にも仕事があるということなんだよ」

――かかさん、お願いだからそんなこと言わないで！　かかさんは働き者だけど、心に溜《たま》るものが足りないよ。

きりは唇を噛《か》む。自分のなかに住み始めた何かに気づいていた。自分の声やことばに棘《とげ》があり、その棘がかかさんに向く。

――わたしは何にじれているのだろうか。

かかさんの手もとの動きが荒くなって、いっそう忙しげに見える。それがまた、きりの心に触《さわ》る。きりは、ぶっきらぼうに火鉢の脇の盆から鉛の板を取って、かかさんに突き出した。

「まあ、まあ、かかさんもきりも、つゆさんを案じてあげてのことさ。大丈夫さ、つゆさんのかかさんは、これまでずっとここで働いてきなさった方じゃ。少し休ませてあげてもいいよね。元気も若さも限りのあるものだもの」

ばばさんはとりなし上手である。

……………

うねりのように迫る人の声、物音。

……………

――あれっ！　なにかえ、あれは。

聞こえた。今度は、ばばさんにも聞こえたようだ。四人はいっしょに立ち上がっていた。

右に左に人の足音が速い。

ひとりではない。

ま近となる。

ダンダン、ダン！

ドンドン！

戸口を叩く音だ。

「長屋衆や！　長屋衆や！　大急ぎじゃ、大急ぎで上の寺へ行け！　必ず火の始末じゃ、忘れるな！」

急ぎの声、険しい声が告げる。上の寺へ、というのは、ここお持筒《もちづつ》に移り住むときに教えられていたことである。この場に戦《いくさ》が及ぶときには、火の始末をして、出来上がっている火縄や鉛玉を持ち、玉づくりの道具はどこかへ潜ませて、寺へ逃げろということであった。

——そんなことがほんとうにあるのかえ。戦《いくさ》の場は、ととさんたちの出かけている遠くではないのかえ。

「心得もした！」

かかさんは、両手をらっぱの形にして、大声で叫んだ。そして、振り向きざまに、

「ぐずぐずするんでないよ！」

と、力が溜《たま》ってくるようである。

「ほら、さよときり！　ばばさんを連れて先に寺へ向かえ！　急ぐのじゃ」

と、かねて用意の避難の包みをさよときりの背につけて、背中を押す。

「ばばさんを頼んだぞ！」

「かかさんは……」

と、さよが心細げに問えば、

「何を言っておる。ここの始末が要るのじゃ。じきに後を追うから、さ、早く行け！」

言うなり火鉢の灰を掻《か》き上げ、水がめに走り、手桶で運んだ水を灰の上からかけた。

シュワッー！

白い粉が音といっしょに立ち上って舞う。その様子は、きりにも体の中の支えを作った。訳もなく物足りなく思っていた気持ちが立ち直って、

「さあ、ばばさん！　行くよ！　足もとに気をつけてな。ほら、裾《すそ》はわたしがからげてやるから」

さよも、別の風呂敷包みを脇に抱えて、もう一方の手でばばさんの手をとっている。特別の事態は、人を縮ませもするが、どんと肝を据えることもある。どうやら、きりたちふたりは、そんなとき、母親に似ているようだ。


きりたち三人が外へ出ると、家々から人が走り出て、もう高みへと走っていた。玉づくりのときの賑やかな話し声はなくて、空気全体が動いているようだ。ばばさんと出かける畑の横を抜け、ゲンと魚を追って遊ぶ流れに沿って坂道を急ぐ。川岸から寺の高みまでは、まっすぐには近づけない仕組みであるから、曲がって歩き、また曲がる。

「ばばさん、も少し頑張れ！　後から腰を押してあげるから」

ときり。前からはさよが手を引っ張っている。

その間も、水曲《みわた》の村の方向から、
ドドーン！

ウオーッ！

あのあたりは、コメばあさん、トシのいる方角である。

次々に踏まれて、道の草は夏の匂いを立ちのぼらせて倒れていく。早足で先を急ぐ人には、

「ええから、お先に」

と道をゆずって、ばばさんはふたりの気をもませる。その上、ひょいと振り返って手をかざして、

「ふうん、高みからはこんなふうに見えていたのか」

と感心している。

——ああ、ほんとうだ。よう見えること。ゲンちゃんが見たがっていた景色だ。

きりも、ついばばさんをまねて、振り返ってしまった。

「今はそんなときでないわ！　ばばさん。急げ！　きりもきりじゃ、こんなときに」

いつもは静かなさよが、たまりかねた声で言う。

「あれっ、さよ、『そんなとき』とか『こんなとき』と言うが、どんなときだえ」

と、ばばさんも珍しくからむ。

「何言ってなさる。戦《いくさ》が迫っているときに決まっていますわね。あきれたわね！」

——ああ、怖。姉さんはかかさんみたいだ。

そんな三人を、せかせたりよけたりして、みな先を急いで登る。

「ばばさん！　急ぎなされよ」

「ゆっくりの人は端によけてくだされや」

と。

「みんな追い越して行きなさるよ。ばばさん、早う歩いてくだされ！　だだっ子みたいなこと言わないで、お願いだから」

と、さよは声を震わせて嘆く。

「そんならふたりで先に行けばいいよ。こんな眺めは、わしにはもう二度と見られないんだから」

などと言う。

ドドーン、

ダーン。

下の方遠くでは、鈍い音が響いて、煙の上がっているところもある。

「戦《いくさ》がどんどん迫っているんだよ」

と、さよがせかせるが、きりはばばさんといっしょにこのまま見ているのもいいな、と思った。

目の先、目の下、ずっと遠く。重なりあっている遠い山は、峰の背の色が違う。遠くにある山ほど青い色が濃い。そして、いつもは下から見上げている木々の枝葉は、見下ろすと左右に揺れるのではなくて、四方に広がっていて、羽を持ち上げたり下げたりしているようだ。

――みんなで、こんな景色をゆっくり眺めて暮らせばいいのに。

「さよ、きり、こんなところで何しているんだえ！　さっさと寺の内に入らにゃ！」

――わあっ、かかさんじゃ。

かかさんは大風呂敷を背中にしょって、首の前の結び目に指を入れて耐えている。風呂敷の中には、作り置かれた鉛玉や、玉づくりのあれこれが入っているのであろう。ああ、重かろう、ときりは気の毒になる。

「早う、早う！」

かかさんのこんなけんまくには、ばばさんだってかなわない。おかげで寺の前の道まで、一気に登ってしまった。そこからでも寺の内までの道は、迷路のような行き止まりもあって、一気といっても、ゲンが言っていた通りすんなりとは入れなかった。攻めるのには難儀をするだろう。


毎日のように見上げていた寺の境内は、思っていたよりずっと広かった。

「○○さ、こっちじゃ、こっちじゃ」

「△△さんはまだかい」

などとお持筒《もちづつ》の人たちは、顔見知りを招きあってひとところにいる。

寺であるからむろん中央には仏さまを祀《まつ》って、祈禱《きとう》の場、修業の場もあるが、事に備えて重そうな扉が閉じられているから、見ることは叶《かな》わない。馬小屋とは別に、馬を繋《つな》いで休める場所があり、本堂の脇には武家の居室のような場も続いている。水場には大囲いの井戸。門に続いて見張りの場所があり、目立たぬながら並んで建っているのは、武具、食料などの蓄えの場所であろう。

本堂は閉じているのに、ここは扉が開け放たれていて、せわしく人が出入りをしていた。きりたちの仲間以外はみな男で、門内は弓を持つ者、矢筒を抱えた者、いつでも走り出せるように鞍をのせた馬の口を取る者、槍をしごいて戦《いくさ》を待つ者、さまざまである。

槍先は、穂の形によって素槍《すやり》、鎌槍《かまやり》、十文字槍、鈎槍《かぎやり》、管槍《くだやり》などがあると、いつかゲンが教えてくれたが、きりは、素槍と鎌槍くらいしか見分けられない。鎌槍は薙刀《なぎなた》に似ていると思った。

「きり、こんなときに何をきょろきょろ眺めておるのじゃ」

と、かかさんは囁《ささや》き声でも小言を言うが、

「きり、普段は見ることのできん風景じゃ」

と、ばばさんが耳打ちをする。

――ほんとうに。

立派な武具をつけた者は、音を立てて歩く。その音がまた、武者姿を立派に見せている。足半《あしなか》で小股に走り回る粗末な武具の兵もいる。僧衣に襷《たすき》がけの人は、薙刀を手にしている。

――ああ、薙刀と鎌槍はやっぱり違うんだね。

さまざまな男たちが、ざわめきと妙な静けさをくり返して動いていた。きりが目で追っているのは、むろん火縄銃を持つ人たちである。

——ああ、あそこにも。

——こっちにもいるよ。

ところどころに配されている火縄銃の兵は、そのあたりを一手に守っているようで、頼もしく見える。どの人も首に早合をかけている。腰の胴乱の中の火縄は、もう火が移っているのであろう。

——いつでも火ぶたは切れるんじゃねえ。

みなととさんの仲間と思うが、ととさんの姿、ゲンの父親の姿も見つからなかった。寺はまだ先にもあるから、そのどこかかもしれないし、火縄上手のととさんだから、その先の山のお城の守りかもしれない、と思った。

大勢でいるからか、武器を構えて守られているからか、不思議に怖くはなかった。かかさんは、大張り切りの力仕事ですっかり疲れてしまったのか、珍しく黙《だ》んまりである。

「きりや、ここまでの道は大変だったろう。けど、昔はみながお詣《まい》りに通っていたのだよ。そのときは詣《もう》でる人たちのために、もっと楽な道だったさねえ」

「そうなのかえ」

「ああ、でも簡単ではなかったよ。少しは大変な思いがなきゃ、有難味はないからね。それで高みにあるんじゃろう。戦《いくさ》ばかりになって、戦のための城代わりになってしまったんだね」

「ふうん」

「ご領主が支配を望まれたか、お寺が近づいていかれたかは知れんけど、どっちも都合がよかったんだろうねえ」

きりは、ばばさんの言うことが難しくてよくわからない。寺が信仰の場でありながら、人が集まるという利点を生かして、警戒にあたり、情報の中継、兵、物資の集積地となっていたのである。これが、付城《つけじろ》、出城《でじろ》といわれた。

「わしは、こんなことじゃのうて、ゆっくり護摩札（祈禱《きとう》札）をいただきたかったなあ。でも僧は仏に仕えるより先に兵になってしまわれたわ」

と囁《ささや》く。

かかさんは珍しく口をはさまないで、目を閉じて聞き入っている。きりは、少し不思議な気がした。

「大勢でいると怖い気持ちは薄くなるね」

と、さよがつぶやいた。

――ほんとだ。

武器を持った兵が目の前を行き来しているのに、なぜか怖くない。

柄杓《ひしゃく》を添えた手桶の水がふるまわれた。

「お先に」

「おお、うれしや、有難や」

と、口に含んでいくうちに、それぞれの気持ちがゆるんだ。


――ゲンちゃんたちがいないよ。

何度探してもつゆの一家は見つからない。

「ねえ、かかさん！　ゲンちゃんたちは」

「……家に残っているよ」

「そんなら……」

「誘ったんだよ。連れに行ったんだよ。何度も。大変だったんだから」

「……」

「つゆさんとゲン坊だけでも連れてこようとしたんだけれど、ふたりとも動かないのさ」

「それで、おばさんは」

「もう起き上がれなかったの。ふたりを連れて行ってくれって、頼まれたよ」

「そんなら」

「でも、だめだった。『いっしょにここにいます』って、動かないもの」

「それで置いたまま、かかさんは来てしまったんかえ。敵が来たらどうなるのだえ」

さよは、もう涙声だった。

「引っ張ってでも連れてこりゃよかったのに」

と、きりも唇を噛《か》む。

「なあに、きりもさよも大丈夫さ。病で動けない人と、付き添いの子どもにはだれだって手は出せないさ。敵だとてひとりひとりには家族があるんだもの」

ばばさんは、きりとさよの肩を抱えた。さよの頬《ほお》には涙がつたったが、きりは、下まぶたに溜《た》めてこらえた。

――そうだよね。つゆさんにもゲンちゃんにも恨みなんかないものね。

そんな間にも、人は集まったり散ったり、声を上げ、槍を構え、火縄銃も構える。忙しく交わされていることばは、勢いは伝わるが、物音に遮《さえぎ》られて聞きとれない。

「わたしのととさんは」

などとたずねる空気などない。

――ととさん！　わたしたちなら大丈夫だよ。

どこかの寺かお城で、目の前の人たちのように、得意の火縄銃を構えているのだろうか。重なったり途切れたりする銃の音、人の声。それらは、していても怖いが、鎮まればまた怖い。

――何か話そうよ。黙《だ》んまりはいやじゃ。

「ばばさん！」

「なんじゃ」

「トシちゃんたちはどうしているだろう」

「ああ、わしもコメさを案じているが、なあに、大丈夫だよ。きっと大丈夫じゃ」

「けれど、音の聞こえてくるのは、あっちだよ」

「うん。でもこんなことはきりの小さかったときもあったさ。きっと何かの物陰にじっとして、時の過ぎるのを待っているよ」

「見つからないかなあ」

「見つかる相手次第じゃ。でも、たいていはそんな端っこをうろうろしているのは足軽さ。残してきた家族のことを思い出して、知らんふりするわい」

「ほんとうにそうかえ」

「そう思っておればいいよ」

「でも……」

「人は思っていれば耐えられるものじゃ。見つけたお人がコメさに恨みがあるかえ。トシちゃんに腹の立つことがあるかえ」

「ない」

「そうじゃ、そうじゃ」

「そうだねえ」

「そうだよ」

きりも思いこむことにした。

「なあ、きり。ひとりひとりのときと、大勢が大勢に向かうときでは、人は変わるものじゃ」

「なんでそんなことがわかるんじゃ」

「さあなあ。年とって、たくさんのことに出合ってきたからかなあ」

少しずつ互いの囁《ささや》きも出てきて、

「あのお持筒《もちづつ》の長屋は、どうなるんだえ」

と、案じる人もいる。

「なんとかなりますよ。土を相手に暮らしていたときも、日照りも洪水もありましたもの」

「ほんとうに」

「そうそう」


遠くの声や物音は、小さくなって、やがてしなくなった。寺の門が開けられ、馬が駆け入り、伝令が伝えられた様子である。知らせと指図はすぐに伝えられて、兵の構えはゆるみ、寺全体の空気がゆるやかにうねって鎮まった。戦《いくさ》は、トシたちの部落の手前でくい止められたという。

帰り道はゆるゆるで、ゆっくり見渡せば、寺と寺の間には城に通じると思われる道もある。伝令の速駆《はやが》けの道であろう。寺と背中合わせの武家屋敷もあった。どこも戦《いくさ》への構えが見える。

お持筒《もちづつ》の家は、出かけたままの姿で待っていた。

「大変な日だったねえ」

帰り着けば、また頼もしい、かいがいしい、かかさんとなる。

一度消すと火を起こすのは大変なことであるから、どんなときも火種は絶やさないのが常である。その火種をまた作らねばならない。

「ゲン坊もつゆさんも肝がすわっておるわ。変わりなかった、元気じゃ。おっかさんも無事じゃ」

と、かかさんはその火種起こしより先に、つゆたちの見舞いを済ませてくれて、きりを喜ばせた。

――小言は多いが、やっぱりわたしのかかさんじゃ。

「戦《いくさ》はこれからじゃ。お城の先じゃ」

きりたちを追いかけるように戻ったととさんたちは、

「大きな戦じゃ」

と、また出かけて行った。

ゲンの父は、きりのかかさんに何度も三人のことを頼んで出かけたそうだ。

六　戦は仕事かえ

「さあ、戦《いくさ》じゃ、戦じゃ。行ってしまわれましたよ」

「……」

「手甲脚絆《てこうきゃはん》のいでたちで火縄銃担いだうちの人は、ほんとによい姿だったわね」

試し撃ちや訓練のときも、懐《ふところ》に火の粉が入らないように、胸当てはする。

その胸当てが、戦となれば硬い胴丸《どうまる》［脇楯《わきだて》（大鎧の胴の右脇を防ぐもの）、弦走《つるはしり》（大鎧の胴の胸腹部正面を包むもの）、逆板《さかいた》（鎧の身の背面を防ぐもの）で胴を丸く囲み右脇で合わせる雑兵、歩兵の鎧］になる。頭には陣笠。火薬入れ、玉入れ、火縄など細々《こまごま》したものも胴乱に納めて、腰につけた。むろんきりの好きな早合もかけていた。

「ばばさん！　たった今出かけて行かれましたぞ。ささ、また次々に鉛玉を作り置いてあげねば」

かかさんは、晴れ晴れと火鉢に向かう。灰を掻《か》き炭を足す。

戸口までも送らなかったばばさんは、ため息をついて、

「戦《いくさ》、戦とにぎにぎしいことじゃ。まずは足軽場での足軽合戦であろう。戦の様子見だわね。足軽は幟《のぼり》おっ立てて、ときの声高うしてな。鉄砲隊はその後に控えておるというが、『命を惜しめ、大事にせよ』と伝えておいたかえ」

と機嫌が悪い。

「はいはい、ちゃんと伝えておきましたよ。でも、うちの人は鉄砲上手で、そのうち足軽大将にもなれますって。わたしの作る火縄は、間に合わせの竹の皮なんぞ使っておりませんから、胴火（火縄入れ）に入れて持ち歩いても、消えずに長持ちするんですよ」

と、得意げに言う。

「そうかえ」

「はい。立派な働きぶりは、きっとお目にとまりますわい」

かかさんは火鉢の中の火のように、顔をほてらせてむきになる。炭がはじけて舞い上がった火の粉と灰が、その黒い髪に降った。ばばさんは、戸口に向かって、ずっと座ったまま

でいる。

「ばばさん！　もうこっちにおいでなさい。大丈夫、あの人は火縄銃の手入れもいいし、お手柄ですよ」

と、また添える。

すると、珍しく声を高くして、

「そうかえ！　あんたはそれが楽しみで、それでええわい。でもわしは百姓のまんまでよかったんさ。小鳥のいたずらを鳴子《なるこ》（田畑を荒らす鳥をおどし追うのに用いる具）で追って、実ったものは大事にしてな。戦《いくさ》は田や畑にもむごいことをする。その上、戦場《いくさば》で敵と出会えば、どこで骨になるやも知れん。百姓ならちゃんと火屋《ひや》（火葬場）のお世話にもなれるのに」

と。

「はいはい」

と、かかさんがあしらうように言えば、

「火縄銃を向ければみな怯《ひる》むというが、それは火縄銃を持つ者は憐《あわ》れみは持たぬ、ということじゃぞ」

と、返す。

「はいはい、ばばさん、ようわかりました。案じなさるな。鉄砲は離れて戦いますのじゃ。一刀で切り殺されたりはないのですよ」

「そこじゃ。わしが怖いんは、そのことなんじゃ。刀で人と向き合うのは、だれでも怖かろう。でもな、火縄銃は離れて向き合う。離れているので怖さがのうなるんと違うかえ」

「……」

「米や野菜を作って、元気で仲良う暮らしたいものじゃ。何で敵と味方ができるんじゃろう」

「……」

「戦《いくさ》に使う力で土を耕せばいいのにねえ」

「ばばさんの言われるのももっともですよ。でももう戦は始まっていますのじゃ。きり! 何をぼんやりしてるんじゃ。早うそれを取らんかね」

と、かかさんの鉾先《ほこさき》はきりに向けられ、鉛の板を指す。

――やれやれ、ばばさんとかかさんは、戦のことのほかは仲良しなのにね。

いつかも、荷負いで商う人が持ってきた小間物《こまもの》を、畑仕事を放り出して集まった人々と

品定めの折り、

「ええけど使うときなどないわねえ」

と言うかかさんに、

「一枚くらいは持っているのが気持ちの宝じゃ」

と、ばばさんは半襟《はんえり》を一枚買い与えた。

そして、いつかはお城下の商《あきない》の店にともに出かけよう、などと話していたのに、と思い出す。

かかさんは、浮かぬ顔になって、

「きり、あんたは手伝う気があるのかえ。身の入らんお人じゃ」

と八つ当たりする。

こんなときは、手伝っても手伝わなくても、何をしても小言、小言に決まっている。さよは心得ているので、かいがいしく振るまうけれど、きりは、ばばさんの言い分を噛《か》み砕いてみるので、つい手が留守になる。

——ばばさんの言う通りではないかえ。ととさんは、どうして、だれに火縄銃の先を向けるのかえ。

ばばさんのことばは、ときどききりの胸の奥につぶてを投げる。そうなのかえ、なんでかね、と思うことも多い。けれど、問い返すためのことばの用意が足りないので、いつかきこう、いつかたずねよう、と先送りしてしまう。


今日はばばさんと田の畦《あぜ》に腰を下ろして、目をぼんやりと遊ばせている。

「きり、わしの背を超えてしまったのに、付き添いにして悪いなあ」

と、ばばさんは気遣う。

「畑に行ってみようかい」

と言うばばさんに、

「きり、いっしょに行っておいで」

と、かかさんがすすめた。ばばさんは少し身体も気持ちも弱くなられた。かかさんも気づいている様子だ。

畦のそばには流れがある。ゲンと魚を追うところである。あの日、寺へ向かった道にも続く。

——ばばさん、わたしなら気遣いは要らないよ。小言から遠くなるほうがうれしいもの。

ふたりで眺めても、その先に何かがあるわけではない。畑に緑が続いて、その先に見慣れた城をのせた山があるいつもの眺めだ。

「芽吹いたときの緑は若かったが、もうみな同じ色になってしまったなあ」

ばばさんは手をかざす。畦《あぜ》の途中に一本立つ松の陰は小さい。

「ばばさん、暑くないかえ」

「暑いなあ。でもな、暑いときに汗をかいておくのが、冬の寒さに耐える力になるんじゃ。お天道さまをいっぱいに浴びておけ。日に焼けておけ。お天道さまは薬じゃ」

足もとから夏草の匂いが立ち上がり、バッタが尖《とが》った頭を揺らして跳ぶ。あの日踏みつけられて地べたに這《は》っていた草々は、また力を戻して生き生きしている。

――ととさんは、今ごろどこじゃろう。

「ばばさん！　ととさんの鉛玉や火縄は足りないようにはならんのかえ」

「そりゃあ、大丈夫じゃよ。戦《いくさ》の場には大きな薬箱が運ばれているそうじゃから。早合もいくつもぶら下げて持って行く人があるんじゃて。それに鉛玉を作る道具もあって、取りに戻れないときには、陣の内でも作ることができるそうじゃ。使われて落ちている弾《たま》も無駄にせんと拾い集めてまた溶かすのだそうだから」

「そうなのかえ」

「静かだねえ。わしの耳でも水の音が聞こえるし、蟬《せみ》の声も届くよ」

「ほんと、静かだねえ」

「お天道さまは照りつけているけど、風が通ると首筋がええ気持ちじゃ。わかるかえ」

「うん」

「死んでしまったら、こんなこともわからんようになるのかなあ。こんなに静かなのに、どこかで戦《いくさ》で死ぬ人があるんかねえ」

ばばさんはひとり言みたいにつぶやく。

「きり、おまえは今の暮らしが好きかい」

「さあ、わからないよ」

「ととさんやかかさんは、生きている張り合いというもんが欲しかったんじゃろう。ととさんは火縄銃が気に入ったし、かかさんはお持筒《もちづつ》に来てうれしそうじゃ」

「……」

「きり、戦《いくさ》は仕事かえ。仕事というのは、何かを作り出したり、育てたりすることじゃないかえ。殺し合うことが仕事とは、わしは得心《とくしん》がいかん」

「そうだねえ」

考えたこともなかったが、きりは、その通りだと思った。

「なあ、きり。ととさんが筒先向ける相手に、何の恨みがあるのかえ。わしは優しい子にと育てたから、いざとなったら火ぶたが切れんかもしれん。引き金が引けんかもしれん」

「そうしたらどうなるの」

「考えとうないわ。人が何の恨みもない相手を敵にできるのは、戦の場が人を変えてしまうところだからかもしれんなあ」

足もとで、またバッタが跳ねた。草が小さな風にもそよぐ。

――バッタは生きている。遠くで鳴く蟬《せみ》も生きている。

思ったこともない、きりの発見であった。

「人はだれだってみんな仲良くしたほうが、なんぼかいいよねえ。田も畑も元気でいっぱい実って、穫り入れをするときは弾むものねえ」

きりは、ばばさんが喜びそうなことばを選んだ。むろん、今のきりの気持ちである。

「ああ、ああ、きりはええ子に育ったなあ。そのままでずっといられたらいいのになあ」

「……」

「ほんになあ」

と、幼子にするように、背中を撫《な》でてくれる。

「ばばさん、人はおとなになったら変わるのかえ」

「さあねえ。根っこは変わらなくても、大事な人のために変わらねばならないときもあるかもしれんなあ。でも、わしはもうええわい。年をとったから、また子どもに戻って、何だって言ってしまうんさ」

ふり返ると、夕焼けの空になって、そのなかを鳥が影になって横切っていった。

噂《うわさ》はあれこれ伝わってくるが、ととさんも鉄砲隊のだれも帰ってこない。つゆとゲンの母親の具合は、いよいよ悪くなって、かかさんは何度も訪ねている。

「うちのかかさんはよう人の面倒を見る人じゃ、ええお人じゃ」

と、ばばさんが褒《ほ》める。

――あんなふうに言われたら、かかさんの負けだわね。ふふ……。

かかさんが褒《ほ》められるのは、うれしいことである。ゲンは、竹馬にも魚つかみにも誘いに来てくれない。

――かかさんの病が重いんだものね。

きりは、ゲンの気持ちに添おうと努めていた。

七　傷ついた男

あれっ！

——何しているんだね、かかさんは。

腰を少し引いて、きりの目の先を歩いているかかさんは、忍び足である。

「かかさん！」

と、声をかけそうになったけれど、やめにして後を追うことにした。ふいと止まったり、すいと歩き出したり、ほんとうに何をしているのだろう。

あれは……。

かかさんの先をよく見ると、小さな人影が動いている。

——まあ、ばばさん！

着物の裾《すそ》を無造作に腰にからげて、脇に何か抱えている。

うふっ！

駆けているつもりのようだが、あまり進んでいるようには思えない。

ひょっ、ひょっ、ひょっ。

その後を、かかさんが、そろ、そろ、そろり。

——何ね。こっそり鬼ごっこをしているみたいだねえ。

きりも後に続いた。きりの足は、速駆けをすればゲンにも負けないから、かかさんとの間はすぐ縮む。かかさんの背中は歩くたびに近くなって、残りは、六歩、五歩、四歩……。

「しっ！」

かかさんは、振り向きざまに人差し指を口の前に立てた。あごを引いてにらんでいる。

——なんだ、かかさんはわたしが後ろにいることを、ちゃんと知っていたんだ。

ちょっぴり張り合いが抜ける。人は走るとき、シュワーッと空気を動かすから、それで気配というものができるのだと、きりは思っている。そして、何だって面白がってしまうのは、どうやらかかさんゆずりだな、とも思った。

「きり、ばばさんが変なのよ」

きりを味方につけたいときの声だ。小言のときの声とは違っている。

「見てごらん、あの笊《ざる》の中にはね、芋が入っているの。あんな格好で走りだして」

「うふっ、あれで走っていなさるつもりかねえ。どこへ行くんだえ」

「そんなこと知らないよ。でも、あっちはもとの家の方角だわね。コメばあさんのところなら、あんなにこっそり、あんなに急がなくてもいいしねえ」

「うん」

草を踏み固めただけの細い道である。後ろの気配はわからないようだ。

あっ！

ばばさんは急に立ち止まった。きりたちも止まる。隠れるところがない、などと案ずることはなかった。抱えていた笊を下ろし腰をさすって、肩からはずした手拭いで首筋を拭《ぬぐ》うと、またひょいと笊を抱えて歩き始めた。

ひょい、ひょい、ひょい。

「気づかれてしまったかと思ったよ」

「なあに、耳も遠くなってるし、大丈夫さ。あれで一生懸命走っていなさるつもりだわねえ。わたしたちの速歩きより遅いねえ」

かかさんは得意げに笑む。

「何しているのか、わたしきいてこよう」

と、駆け出そうとしたきりの袖《そで》をつかんで、

「だめ！」

かかさんの「だめ」は、いつも力強い。

「だめ。きいても無駄さ。頑固者《がんこもの》だもの。そっと後をつけてみよう。そうすりゃわかることだもの」

「そうか、面白そう」

「面白いかどうかはわからないけどね」

いつかコメばあさんに聞いた捕り物みたいだ。それに、かかさんがいっしょなら怖いものなしだ。

「きり、どこへ行ってたんだ！」

などと叱られることもない。足を運ぶたびに、足もとから草の匂《にお》いが立つ。小言のないかかさんと並んで歩くのは、うれしい。胸の奥がふわと浮く。話したいことがいっぱい浮かんできそうだ。でもだめ、今はだめ。話しかけたりしたら、「しっ！」と、また口の前で

指を立てられるだろう。

――いいよ、いっしょに歩いているだけで十分楽しいから。

道は少し右にうねっていて、両側の粗《あら》い畑の畝《うね》には、おとなの背丈くらいの竹が組んである。そのところどころに、豆が下がっている。豆はインゲン豆。反《そ》った豆のもとに、縮んだ花が残っているのもある。

――畑仕事はやめかえ。

まえは、もっとたくさんの人が野良にいた。今は、遠くに人影が少し動くだけだ。畝も豆も大事にされていない。

――みな、戦《いくさ》にかり出されているのかしら。

ひょっ、ひょっ、ひょっ。

ばばさんが歩く。

そそっ、そそっ、そろり。

とふたりが続く。

このまま進めば、ついこの間まできりたちが住んでいた家に着く。雨もりもしたが、きりの生まれた家である。いつか遊びのついでに足をのばして、ゲンと立ち寄ったときには、ぷはんと湿気《しけ》た匂《にお》いがした。

「人が住まなくなるとする匂いだ」

と、ゲンが偉そうに教えた。

その家が、目の先にある。

ばばさんは、すいと足を弛《ゆる》めると、腰からげを片手で下ろし、その手でぽんぽんと足まわりをはたくと、粗末な引き戸に手をかけた。


……………


声をかけている様子が伝わるが、きりたちとの間を風が抜けていて、聞きとれない。ばばさんは、身体を滑り込ませてから、手に持った笊《ざる》を引き入れ、用心深く中に入った。かかさんの目くばせで、ふたりは裏手にまわった。何といっても、勝手のわかった場所である。

それにしても、何と草の丈が高くなっているのだろう。だれも住まず、だれも通らないと、草は遠慮なく、ほんとによく伸びる。その草を分けて、中を覗《のぞ》く。

「まあ!」

「だれね!」

裂《さ》けた板壁にもたれて、男がひとり座っている。顔は見えないが、ちぎれた袖《そで》から汚れ

た手が垂れていた。

にじり寄るばばさん。差し出された芋に、男は頭を下げて手を伸ばした。

「はよう元気になっておくれ」

というばばさんの低い声は、きりが病気をしていたときにかけてくれた声だ。柔らかな、懐かしいような声である。

はらはらと下がった汚れた髪で、男の顔はまだ見えないが、肩が大きく揺れている。

きりは、吸い込んだ息を吐き出せないまま見つめていた。

と、

「ばばさん！　何をしているんじゃ！」

かかさんは、我慢の壁を越えてしまった。ほんの一瞬空気が揺れて、止まった。

「あれっ！　知れちまったかね。はよう中に入っておいで！　しっ、しっ！」

と、ばばさんのほうが口の前で指を立てた。中に入ると、男は膝《ひざ》を捩《ね》じて背を向けた。

肩はやっぱり震えている。

「ばばさん！　何をしているのかわかっていなさるのかえ。もしその人が敵の……」

勢いよく腰を持ち上げたばばさんは、かかさんの口を自分の手でふさいだ。どこに隠していた力であろう。

「その先を言っちゃだめだ！　このお人は、どこのお人か知らん。どこかのお人だ。敵か味方かは知らないよ。敵と知ったらお世話はできないもの。だから、きいてはならん。怪我《けが》をしていれば、獣だって助けてやるもんさね」

目は、かかさんの目を捉えて力があった。

「だけど、こんなことがだれかに知れたら……」

というかかさんの心配は、今は、きりの心配でもある。敵とか味方とか、戦《いくさ》が日常のこととなって、みなが口にし、気持ちを尖《とが》らせている。

「見つからなんだか、コメさんに」

「いいや」

と、かかさんが言い、きりはかぶりを振った。外にはだれもいなかったし、途中もだれにも出会っていない。道々も、思えば妙に静かだった。

「どうしてもふたりが許せなかったら、外へ出て人に告げても仕方ないさ。けれど、きりの父親も、こうして傷つくことがあるさねえ。戦はむごいことをしあうんだもの。もしこのお人が敵だとして、あんたたちはこのお人に何かされたかえ。このお人を恨むことはあるかえ。このお人を憎んでいるかえ」

ほんとだ、そんなことは何もない。ばばさんのけんまくに、かかさんは怯《ひる》んでいる。

――わたし、このおじさんに何も恨みなんかないよ。

ととさんも、得意の火縄銃を持って勇ましく出かけて行ったけれど、どんな気持ちで、だれに火口を向けるのであろう。

――戦《いくさ》の敵ってだれ。

――その戦って、何だえ。

「おじさん、その芋を食べるといいよ。おいしいよ」

ととさんのことを思い出していたら、声をかけてしまった。かかさんも、黙ってうなずいている。

「食べなさいな、元気が出るから。これは嫁と孫だ。心配は要らないよ」

ばばさんの顔がゆるんだ。

「ね、この通りこの人はただのお人だ。刀だって持っていないし、火縄銃もない」

「でも……あの胸当ては……」

と、かかさんが振り向いた男の胸もとを指す。

「あれまあ、ほんとうに何もかも汚れてしまってひどいこと。血がにじんで何を着けておられるかも、わしの目にはようわからん」

「……」

「さあ、では芋はここに置いて帰りますぞ。元気の戻るまで休みなされ。外に出てはいけませんよ」

三人は揃《そろ》って外に出た。野良帰りの人影が遠くで動いている。言いたいことがそれぞれあっても、何からことばにしてよいかわからず、黙って歩いた。


「あんれ、きりちゃんたちだ！　古巣へ来ていたんかい」

愛想のよい顔と、年に似合わぬ高い声は、コメばあさんであった。ばばさんは、きりとかかさんをひょいと後ろに庇《かば》って、

「まあ、まあ、コメさん。久しぶりだこと。忘れ物があったような気がして連れてきてもらったけど、思い違いだったわね。ははは……。ふたりに面目《めんぼく》ないことをしたよ」

「そうかい。お揃《そろ》いで何ごとかと思ったわね」

「それじゃ、また今度寄らせてもらうで」

「ああ、いつでもいいよ」

「そうそう、コメさん、わしらの古巣じゃが、近寄らんほうがええよ。蜘蛛の巣だらけで湿気《しけ》臭い。その上怖い蜂が大きな巣をかけておるんで、逃げ帰るところさ」

「おお怖い。蜂は嫌いじゃ。それに、人の住まん家が朽《く》ちていくのを見るのは辛《つら》い。手も貸せんで覗《のぞ》けんわね」

「蜂じゃ、蜂じゃ、おお怖、蜂がおる」

きりたちは、急ぎ足でコメばあさんから離れた。


「息が止まるかと思うたわ」

コメばあさんに聞こえないところまで来て、かかさんは、ぶっきらぼうに吐き出した。

「わしとて同じよ。コメさんがもう少し若いころだったら大変さ。歩くのにも膝《ひざ》が痛いそうで、今はもうよそのことは骨惜しみの年で助かったわね。ただの人助けも、人の口はうるさいから」

「ただの人助けならいいけど……」

かかさんは、ことばのしまいと肩で不満を見せる。コメばあさんに見つかったらどうなるかと、きりはほんとに怖かった。けれど今は、ばばさんの口からなんであんなことばがホイホイと出てきたのか、と感心してしまう。

「嘘《うそ》はいかんぞ」

が、口癖ではなかったんか。

――あれは嘘ではないんか。

けれど、あのときほんとうのことを言ったら、どうなっていただろう。

――わたしのつく嘘とどこが違うの。

年をとると、ついてもよい嘘ができるのだろうか。十三にもなったけれど、わたしはとてもあんな上手な嘘は思いつかない。きりは、ばばさんの顔を覗《のぞ》いた。

「なんだえ、きり。どうかしたかえ」

「……」

「ああ、わしを嘘つきだと思ったんだね」

ばばさんは、きりの気持ちがわかっていた。

「ええよ。その通りじゃ。きりにいけないと教えている嘘を、きりの前でついてしまった。

生きていると辛《つら》いことがあるなあ。ごめんな、きり。嘘《うそ》はやっぱり辛いよ」

シュン、と鼻をすすった。

「きり、今日のところは、ばばさんを許してあげなさい。ばばさんは、きりのととさんのことを思ってしたことだから。きりのととさんはわたしの亭主だ。ほんとうはわたしはかかわりたくなかったけど、きりもわたしも、もうかかわってしまったんだよ」

かかさんの声は、丸くなっていて、きりの心を鎮めた。

陽が西に傾いて、影が前にある。乱暴に歩くと、その影が揺れた。

「のどかだねえ。こんなときも、ほんとうにどこかで戦《いくさ》をしているのかねえ」

ばばさんがつぶやき、きりとかかさんは、黙って歩いた。


その夜、姉のさよだけがいつもと変わりなかったが、三人は話すことばを探しあっていて、しょんぼり過ごした。

「変だねえ。なんだか今夜はみな黙《だ》んまりでつまらない」

と、さよは早々と厠《かわや》（便所）へ立って寝てしまった。

きりも、いつも通りに後に続いたが、目が冴《さえ》える。戸口のしんばり棒（戸口などがあか

ないように押さえておくつっかい棒）が、小さな風に揺れても、だれかが叩《たた》いているので
は、とはっとする。落ち着かない気持ちをひとつにしようとすると、見えないもの、聞こ
えないものが、近寄ってくるような気がする。

翌朝もことばの少ない三人に、
「ととさんの心配なら、してもしょうがないよ」
と、さよが言う。
——姉さん、あの人を見ていないからだよ。
口止めされたわけでもなかったが、男のことは言い出せなかった。秘密を持つというこ
とは、胸苦しい。ふっとため息をもらしたくなる気持ちだ。でも、背中合わせに、ちょっ
と、心の奥がほてりもする。

八　消えた秘密

勝ち戦《いくさ》が続いていると伝わって、お持筒《もちづつ》は安堵《あんど》の空気に満ちていた。けれど、きりの喉の奥には、何かが残っているようで、すっきりしない。ばばさんもかかさんも、日を重ねているのに知らん顔をしている。

――あの人のことは気にならないのかえ。

きりは、玉づくりに加わっていても、気持ちが揺れる。おとなの気持ちは、どうなっているのかと思う。

そんななか、久しぶりにつゆが来た。

「おばさん、かかさんの具合が少しよいので、玉づくりをさせてください」

声も澄んで、きれいに櫛《くし》目の通った髪をしている。人の気持ちは、声や髪の様子にも現れるのだと思った。

ああ、空気まで華やぐ。ゲンもきっと誘いに来るだろう。気持ちが軽くなるだろうか。

「ねえ、さよさん、おばさんは少し元気がないようだねえ」

と、つゆがさよに告げたが、そういえばきりへの小言も減っている。

「かかさんは口が疲れたのかねえ。きりも少しふさぎ虫なのよ。静かでいいわ、ふふ」

と、さよ。さよはこのごろ、ふふ、が多い。

「ほんとに、さすがのわたしもちょっと疲れたのかねえ」

――かかさんも、やっぱり気にしておいでだわ。

きりの心の波が安堵《あんど》する。そしてまた、あの男のことが浮かぶ。

――お腹が空いているだろう。

どうしてばばさんが助けることになったのかは、きかずじまいだ。思っていることをきけないでいると、胸がふさがる。口もとまで何かがつまった感じだ。

けれど、その日、つゆが帰って行くと、

「だれにも知られぬように」

と、ばばさんがきりに包みを持たせた。

「だれにもと言ったらだれにもだよ」

と、かかさんも添える。

トトッ、トトッ。

胸が鳴る。

——わたしが行ってあげるんだね。

「わかってる。大丈夫だから」


——ひゃっ。

戸口を踏み越えたら、ゲンがいた。

「なんだ、どこへ行くんだい。おれもついていってやるぞ」

あんなに待っていたゲンなのに、胸が速打ちして声が出ない。

「な、なんだよ。どうしたきりちゃん。おれは何も悪さはしておらんぞ」

と、顔の前で手を振る。

「あれっ、ゲン坊かい。かかさんの元気が戻ってよかったねぇ」

と言いながら、かかさんはきりの手からすいと包みを抜いて、

「ゲン坊と遊んでおいで」

と、背中を押した。

「どうしたんだい、きりちゃん。今日は黙《だ》んまりだねえ」

と言われても、きりの手には包みの感触が残っていて、弾みがつかなかった。それにしても、かかさんは見事だ。あの日のばばさんみたいだ。おとなにはかなわない。そんなことを思いながら歩いているので、話も弾まない。

何をするでもない、ブラブラ歩きの後、

「きりちゃん、今日は変だよ。黙んまりはつまらん。元気がないのは病気かもしれんぞ。帰ろう」

と、すぐに帰り道になってしまった。

「うん、わたし病気かなあ」

病気になっておこうと思った。

——わたしも嘘《うそ》つきになってしまった。

「だれにも出会いませんように」

と、口の中でくり返しくり返し、きりは歩いていた。押しつぶされるほどの荷物を担いでいるような気持ちがしている。

ゲンと別れたきりは、あらためて包みを渡されて、男のところへ向かっていた。陽が傾きかけている。

「出かけが遅れたのだから、速足でな。渡したらすぐに帰ってくるんだよ」

かかさんのことばが、背中にはりついている。

戸口の夏の草は、また伸びていた。分けて歩くと、蜘蛛の巣だろうか、糸状のものが顔や首を撫《な》でる。

――だれにも見られていないよね。

確かめて家の中へ入る。

「お、じ、さ、ん!」

抜けてはならないが、聞こえてもらわねばならない声は難しい。だれにも見つからずに着いたと安堵《あんど》すると、首も顔も、足まで汗が吹く。

「おじさん！」

昨日の夕暮れ、ばばさんに付き添って畦《あぜ》に出たときは、昼間の暑さが風に運ばれる瞬間もあったが、ここは暑い。隙間《すきま》だらけで、いくらでも風は抜けると思っていたのだけれど、空気が澱《よど》んでいて、暑さがこもっている。

「おじさん！　おじさん！　返事してくださいな」

そろそろ歩くと、空気もゆっくりついて揺れる。目はすぐに慣れた。

――いるんじゃない。

「返事がないから、いないのかと思った」

男は、壁にもたれたまま、きりを見上げていた。

「いないかと思ったよ」

と、もう一度声をかけて、包みを差し出す。

「すまない、もうすぐ出ていくから」

低い声が返ってきた。

「声が出ないのかい。お腹が空いているものねえ」

包みの結び目を解くと、中は笹にくるんだ団子で、きりも食べたものだ。

「この団子にはみそが入っているの。みそは滋養があるからね」

いつも言われていることばも添えた。

「すまない。もうすぐ、この足が立ったら出ていくから」

声が震えている。

「いいよ、すっかり治るまでここにいていいよ。わたしのととさんも怪我《けが》をしていなさるかもしれないし」

ととさん、と男の前で口にしたとたん、こらえきれない勢いで涙が出た。きりには、思いがけないことだった。

「すまない」

「おじさんが謝ることはないよ。わたしはきり」

「き、り、さんか」

渡したらすぐ帰る約束を忘れてはいないが、今は無理。何だって言われたことは守ってきたけれど、今は自分の気持ちを変えられない。

並んで座った。

「わたし、あのあたりでばばさんと寝ていたの」

と、かび臭い一角を指して教えた。

「きりさんの家へ断りもなく入って、すまない」

「ううん、いいの。わたしの家はもう別のところにあるから」

「すまない」

「おじさんは『すまない』ばかりだねえ。もういいって。戦《いくさ》で怪我《けが》をしたのかえ。弓かえ、槍かえ。わたしのととさんは、火縄銃の使い手で、上手ですって」

「そうか、火縄上手か」

「はい。早合をかけて行かれた。わたしはあの早合が好き。飾りみたいだもの」

「自慢のととさんだなあ。羨《うらや》ましいなあ」

きりはうれしかった。

男は、きりのことばに気持ちをゆるめたのであろう。団子を口にしながら、ほろほろと涙を流していた。

「おじさん、足が治ったらまた戦に行くの」

「いんや」

男は、しばらく黙っていて、小さい声だがはっきりと言った。

「畑に戻る」

「……」

「きりさん、戦《いくさ》の場はな、人の生き死にも叫び声も、火縄銃の音も、もののぶつかりあう音も、みなひとつになってしまうところさ。進んでいるのか、退《ひ》いているのかも知れんようになる。身体の中の得体《えたい》の知れんものが、人を動かしてしまうようだ。手負いの馬が横を駆けて行って……気づいたらここにいた」

「どこから歩いてきなさったえ」

「さあ……覚えていないが、逃げてきたのは確かじゃな」

「逃げて……」

「ああ、逃げたに違いないわ。わしは生きておるもんなあ」

「おじさんは、ちゃんと生きていなさるよ」

「でもな、戦に加わろうと誘ったのはわしなのに、その仲間はもうおらん」

「死んでしまわれたのか」

「きっとな。足が立たず、もうどうにでもなれと伏せている間に、みんないなくなった。残っていたのは、死んでいる者ばかりじゃ。むごい、むごい」

目をこする男の顔に、黒く汚れた涙がつたっていた。

——わたしがこの人に優しくしたら、どこかでととさんも、怪我《けが》をしてても手厚くしてもらえるかもしれない。

「きりさん、もうお帰り。わしといっしょにいて障《さわ》りがあってはならん。それに日暮れじゃ、すまない」

とくり返す。

「また来るから」

「もういいよ。大丈夫じゃ、すまない」

と交わして、暮れかけた道を、また草の匂《にお》いを立てて駆けた。

——ととさん、今どこにいるの。


「きり、遅いよ、いつまで遊んでいるんじゃ」

さよが口を尖《とが》らせたが、ばばさんとかかさんは、ふっと肩で息を見せて顔をゆるめた。

「きりはいつまでも子どもじゃなあ。遊んでばっかり」

さよは機嫌が悪い。つい先ごろから、さよには新しい仕事が増えた。かかさんについて、縫い物や夕餉《ゆうげ》の仕度もする。

「きりも玉づくりを手伝えるようになったから」

と、おとなの女への仕上げだそうだ。数珠玉つなぎも鉛玉づくりも手つきのよいさよだが、針仕事は難しいようだ。

「ちがう！　ここはこう。角をきちんと押さえねばだめさ」

と、かかさんは厳しい。

かかさんは、つゆにも教えるが、つゆには、

「ほら、よく見て、ここはこうするんじゃよ」

と優しい。同じことでも、よその人には優しくするのがおとなのやり方だと、きりは気づいている。そういえば、ととさんのさよときりへの読み書きの手習いも厳しかった。今はととさんが留守がちで、休み続きだ。

針の持ち方、糸のしごき方、包丁の扱い、菜の洗い方まで、かかさんは次々口を出すので、たまりかねたばばさんが、

「覚えのよいさよだとて、そんなに一度は無理じゃ。今日はそのくらいで」

と、助け舟を出したりする。

——一人前になるのは大変じゃなあ。

男への使いを引き受けてから、かかさんのきりへの小言は少なくなっている。

ととさんが留守で張り合いがないからか、みな夜が早い。ばばさんは寝る前に厠《かわや》から戻ると、

「今日も一日無事でございました。

お腹も十分でございます。

倅《せがれ》も無事でありましょう。

極楽でございます。

はい、おやすみなさい」

と、声に出す。

「どうしてそんなこと、声に出すの」

と問うと、

「感謝というものには形がないので、せめて声に出して形に近づけるのさ」

と、けろりと言う。

次の日の雨は気まぐれで、晴れたかと思うとまた降った。厠《かわや》の脇に張った蜘蛛の巣に、雨粒がとまっている。あれからきりは、使いを頼まれていない。

――何も食べていないのではないの。

ばばさんもかかさんも知らん顔でいる。

――おじさん、いいよ、わたしが行ってあげる。

水桶の隣の笊《ざる》に蒸し芋のあるのを、きりは知っていた。

――わたしの分をあげるのだから。

布巾を持ち上げて、大きそうなのをひとつ袂《たもと》に隠した。

玉づくりのひと休みは、気持ちをゆるめて話の花が咲く。きりは、厠へ向かうふりをして出てきたが、休み時間に戻ることはできないだろう。

「きりは子どもで困るわね。どこまで行って遊んできたんだね」

さよの声が、今から聞こえる。

かかさんの小言は減っているけれど、その分さよの小言が増えたようだ。

――まあ、いいさね。怒られついでだもの。わたしは自分の気持ちに逆らえないもん。

見つからないようにと、急いで歩く。秘密の上の秘密である。駆けて、人影を見つけるとゆっくり歩いて、また駆けた。


「お、じ、さ、ん！」

「……」

「おじさん！」

「……」

「きりですよ」

返事がない。

日が高いので、家の中に入ると、まっ暗だ。声も身も用心をして、そろ、そろりと目の慣れるのを待った。

「まあ！　いなさらんよ」

男のもたれていた壁際は、人のいた跡を残さないようにつくろわれていた。もともとここには人などいなかったかもしれない、と思うほどだ。

ととさんの話も聞いてくれた。

「すまない」と何度もくり返していた。

お団子も食べた。

思い出すことは、いっぱいある。

——歩けるようになったのかえ。

——だれかが助けに来てくれたの。

それとも、見つかって、どこかに連れ去られたのではないかと、不安は不安を呼ぶ。

破れた隙間《すきま》から漏れた光は、帯になって射しこみ、そこでもやもやと小さなほこりの粒が舞って浮かんでいた。しかたなくひとりで座って、袂《たもと》から取り出した芋を食べていると、わけもなく涙が出た。

さよの雷は落ちたけれど、ばばさんやかかさんのとがめはなく、それきり、男のことはだれの口からも出なかった。秘密は消えたままになってしまった。

畦《あぜ》のバッタの色が少し変わった。

九　戦話

つゆもゲンもあんなに喜んでいたのに、ふたりの母の具合がまた悪くなった。つゆは、針仕事はむろん、玉づくりも休んだままだ。

「きりちゃん、遊ぼう」と、あんなにたびたび遊んでいたのに、ゲンも現れない。

「重い病は、ふっと元気をとり戻した後が心配なのじゃ」

ばばさんはつぶやいて、目を閉じた。

隣でばばさんの寝息が聞こえていても、きりは眠れない。ととさんが出かけてからの日数を指折ってみる。両の手はとうに超えている。

あの日の寺々の鐘も、刻《とき》を告げるだけで、ばばさんと畦《あぜ》へ出かけても、何も変わらない。

――静かだねえ。ほんとうにととさんたちは戦《いくさ》かえ。どこにおいでか。

きりたちが寺へ駆け込んだり、山の城で兵が構えたりするのは、攻められているときである。領地を離れて陣を構え、敵地へ攻め入ったりするときの多くは、勝ち戦とわかっていても、案じる気持ちに変わりはない。眠れないままに思い出すのは、まだここへ移り住むずっと前に、コメばあさんから聞いた戦話であった。

寒い日の日溜《だま》りで、そのときばばさんやかかさんがいっしょであったかどうかは、はっきりしない。さよが、ところどころで話を交えていたのは覚えている。

水曲《みわた》の村が戦の場になった折りのことで、

「戦はな、わしらには、あるとき気づくと始まっているのさ」

と、始まった。

「種を蒔《ま》いて、草を抜いて、毎日毎日手をかけてきた田や畑が、うねりのような人の波で、あっという間に荒らされてしまったんじゃ」

「……」

「戦のときの声や音は、ほんと、うねりじゃぞ。人の叫ぶ声も、刀や槍のぶつかり合う音も、人や馬の足音も、みなひとつになって、重い音になる」

「どんな音かえ」

と、問うたのはさよ。

「そうさなあ、うまくは言えんが、死ぬことも生きることもひとつになった重い音じゃったなあ」

「ようわからんなあ」

と、あのときさよは言ったけれど、今のきりには少しわかる気がしている。

――あのおじさんも、同じようなことを言っていたもの。

話は続いて、

「それでな、わしらはその音を避けて、物陰で過ぎるのを待ったんじゃ」

「怖かったか」

「そりゃ怖いさ。ぬっと刀が前を通りすぎたこともあったもの」

「……」

「息を殺して潜んでいることは、ひょっとしたら刀や槍をかざして大勢で戦っているより怖くて、苦しいかもしれん」

「……」

「わあっ！と声をあげてとび出したくなるわ」

「でも、そうしなかったんじゃろ」

「ああ、家族があればできん」

「……」

「でもな、ほんとうの地獄は、その戦《いくさ》の過ぎた後じゃった」

「過ぎた後……」

「そうじゃ。怪我《けが》で動けぬ人、死んだ人がいっぱいで、刀や槍、何だってうち捨てられたままじゃからな」

「……」

「それをな、われ先にいただくのさ」

「刀や槍をか」

「それればかりじゃないぞ。胴も兜《かぶと》も、兵の着けているもの、持っているもの全部じゃ」

「死んでいる人からもかね」

「そうさ。死んだ人や死んでいく者には、何も要らんからな。使うことのできる者が、後を引き受けるんさ。人はどんなときも無駄はしないもんだ。けれど、戦《いくさ》そのものが、命まで奪う無駄とは思わないのかねえ」

「死んだ人から物をとるなんて、怖いこと」

と、さよは首をすくめていた。

「ほんに怖いことさ。でも、そこにあるものはみなお宝。普段は手に入らんものにも出合える。みごとな甲冑《かっちゅう》（鎧《よろい》と兜《かぶと》）を見つけりゃ、献上の花にもなる。出世の種じゃ」

「怖い、怖い」

と、さよがくり返していた。

「怖いねえ、むごいさねえ。でも、戦の最中にみな要らん気になるようだ。うち捨てて逃げる者もいるって。惜しいのは命だけになるんじゃわね」

闇のなかで思い出す話は鮮やかで、あのときの自分は、何もわかっていなかったと、きりは思った。

今は、少しはわかる。

——あのおじさんと出会ったからね。

けれど、その戦のことで、はっきりと覚えていることがある。三つ違いの弟ヒロが、戦

の最中に死んだ。熱を出し荒い息で、かかさんに抱かれて、草のなか、露に濡れて潜んでいた。そのままかかさんの胸のなかで絶えた。

「戦《いくさ》がなくて、家で寝かせていたら……」

と、声を上げて泣いたかかさんの声は、耳の底に残っている。

――わたしも泣いたよ。生きていたら、ゲンちゃんのように、ととさんの火縄銃が好きだったかもしれない。

それからは、このときのことを、きりの家族のなかでは言い出さないきまりだった。ヒロの名は、だれも口にしないが、だれも忘れてはいない。口に出したら、そっと受けていたものがこぼれてしまうように、涙も気持ちもあふれてしまう。

あれからかかさんは強くなった。口にしないということは、耐える力の要ることである。

けれど、みんなの寝静まった後の、眠れない思い出に、

――ヒロや！

と、きりは口のなかで呼びかけてしまった。涙が頬《ほお》を伝って枕もとを濡らした。

ヒロのことをそれぞれの胸に閉じ込めた晩、

「どこの家でもひとりやふたり、だれか亡くしているのじゃよ」

と、ばばさんが言って、そのことばが鍵の役目を果たしたのだった。

——わたしはどうして戦《いくさ》のことばかり考えてしまうんだろう。あのおじさんと出会ってしまったからかしら。夕焼けのなかを飛ぶ鳥のことや、花が咲いている野辺で遊んでいることなどを浮かべる子でいたいのに。


戦に火縄銃が使われるようになって、戦の後の地獄の場に、鉛玉というお宝が加わっているという。こぼれ弾《だま》、人を殺《あや》めた後の弾、敵のもの味方のもの、地に埋まったものも掘り出し、拾って、溶かし、玉型で新しい弾に生まれ変わる。

——鉛は溶けるものね。無駄にしないのはいいことだけど。

人は死ねばしまいなのに、人を傷つけたり殺したりした鉛の弾が、次のお役目も果たすということが、きりには新しい棘《とげ》となる。


日がまた短くなって、新しい月を迎えた。畦《あぜ》の草も道々の小さな花もちぢれてきた。高みの寺の桜の葉が虫喰いになり、黄色くなったものから、吹かれて畦のあたりまで降ってきていた。

そんな昼下がり。


「お戻りじゃ！」

「お帰りじゃ！」

「勝ち戦《いくさ》のお戻りじゃよ！」

にぎにぎしく勝ちを告げる触れ声に先導されて、ととさんたちは戻ってこられた。勝ち戦の高ぶりは、触れ声にも勢いがのる。

「よう戻られた！」

「お帰りなされ！」

「万歳《ばんざい》じゃ！」

お持筒《もちづつ》の家々は、触れ声に応えて空気まで震わせて、子や女たちが戸口に走り出る。迎える喜びに勝ち戦の誇らしさを重ねて、手を振り、手を挙げ、手を打つ。

けれど、

「勝ち戦じゃ！」

「めでたい、めでたい！」

という前触れの元気な声のわりには、後に続く兵たちに弾みが欠けている。幾人かの元気者を除いては、陣笠は破れ、手足を守っていたものもちぎれ、顔も手も黒くすすけて、足を引きずったり、肩を借りたりしている。なかには、戸板に横たわって運ばれてくる者もいた。

——これが勝ち戦《いくさ》なの。

「おお、無事じゃったか」

と、飛び出してすがる家族を見つけると、気持ちがゆるむのか、その場に崩れる兵もいた。

きりたち四人も、揃《そろ》って戸口に立って、ととさんを探した。

「あっ！　あそこに！」

遠くにいても、きりにはすぐ見つけられた。

「ほら、ほら、あそこ、あそこじゃ」

かかさんは、袖口《そでぐち》から襦袢《じゅばん》の袖《そで》を引き出して、目を拭《ぬぐ》う。

——ああ、よかった。心配したよ。

きりの気持ちは、ゆるゆると広がっていった。気持ちは、広がっていくときがいい。心配でたまらないときは、どんどん萎《しぼ》んでしまう。

「お帰りなさい！」

「よう無事で」

「長かった、待ちましたよ」

あちらこちらで喜びのかたまりができて、それぞれの戸口に吸いこまれていった。後は家の内で、遠慮のない喜びを交し合うのであろう。

きりの家でもととさんを迎えて、みな息づかいまで弾んだ。手足の備えを解き、水桶を用意し、身体も手足も拭《ふ》いてやる。何をしてもかかさんはかいがいしい。喜びが身体中から立ち昇っている。

きりは、ばばさんと並んで眺めていた。見ているだけでうれしい。

さよは、かかさんの後について、手拭いを絞ったり、汚れ物を受け取ったりと、うれしそうに役立っていた。

十　勝ち戦の果て

――変じゃよ、ととさん。

身体中が固くなっている感じだ。それが家の隅々にまで伝わって、四人はかけることばを探していた。出かけたときのととさんとは、何か違う。

――家へ帰ってきたのにうれしくないのかえ。

勝ち戦《いくさ》から無事に帰ってきたというのに、身体も表情もゆるめない。口は結んだままで、視点が遠いところにある。きりが笑みかければ、むろん笑みを返してはくれるけれど、ことばを添えてはくれない。

とうとうばばさんが、

「ご苦労じゃったなあ」

と、待ちきれなくて声をかけると、それにも、

「ああ」

とだけ答えて、目は逸《そ》らせていた。

「お疲れだから」

かかさんの用意した布団に、隠れるようにして、もぐってしまわれた。

――まだ暑いのに。


ため息をひとつついて、かかさんが手招きをした。ととさんからはいちばん遠い場所である。

「ととさんのことかえ」

四つの顔がすぐに揃《そろ》ったのは、みな同じことを案じていたのであろう。

「伝えておかないとならないことがあるの」

ひとりひとりの顔を確かめるようにして、告げた。低い声だった。

「ととさんは、左手が利《き》きなさらんようになっていますんじゃ」

「……」

きりは、よくのみこめない。

「もう火縄銃は使えないってことかえ」

と問うさよのことばで、ようやくわかった。

――あんなに火縄銃がお好きなのに。

胸が速打ちする。ばばさんひとり、驚くふうも、口惜しむふうもなく、一言だけ。

「そうかえ」

かかさんの話の続きは、

「身体を拭《ふ》いてあげているときも、わたしが支えていなきゃ、腕も手も上がりませんのじゃ。つけ根あたりに傷もあります。手当てはされてなさるけど……」

「そうかえ」

「ばばさん！　大変なことなのに、『そうかえ』ばっかで……」

と、涙声になるかかさん。

「仕方ないわい。戦《いくさ》に行ったんじゃ。戻って来ただけで上等じゃろう。望んで行くのをみなで後押ししたんじゃよ」

「そうですけど……」

――そうだね。無事ならいいよ。帰れない人もいるにちがいないもの。

きりは、今ここで不服を唱えたら、目の前に戻ったととさんが、ふいと消えてしまいそうな気がしていた。


「涙雨だわね」

かかさんが何度もくり返す。

つゆとゲンの父親が戻らなかったのを知ったのは、翌日、雨の日だった。

――悲しい日に雨はいや。

ふたりの家からは物音もしない。

――つゆさん、ゲンちゃ、どうしていなさる。

気をもむばかりである。さすがのかかさんも、

「かけてあげることばが見つからない」

と、萎《しお》れてしまわれた。

戦死の確かめられた人には、形見の品も持ち帰られて届いたが、ゲンたちの父親は、動けぬ人、死んだ人のなかにも見つけられなかったそうである。

きりは、コメばあさんの戦場《いくさば》の話、あの男の戦場の話を浮かべていた。たくさんの死者のなかには、確かめられぬままに、どこかの土になる人がいるにちがいない。名のある武将なら、見つかるまで探してもらえようが、雑兵《ぞうひょう》のひとりひとりは数のうちのひとりと思うと、口惜しい涙がたまった。

伝令の人が、ゲンの家に伝えたとき、

「わかりました。戦のことでございますから」

と、ふたりの母は病の身を起こして、頭を下げられたという。聞いた人はみなそれを称《たた》えたが、

「『しっかりしたお方じゃ』とだれもが言うけれど、ほかにどういう答え方があろう。『うちの人を返してくだされ』などと言えるかえ。口惜しいことじゃ。このばばが代わってやりたいわ」

と、「そうかえ」のばばさんが、珍しく掻《か》き口説いた。

ばばさんにも、こらえきれないときがあると思うと、きりはいっそうせつなくなった。

——ゲンちゃ、ごめんね。わたしのととさんだけ帰って。

あっ！

ととさんの黙《だ》んまりの謎《なぞ》が、このとき解けた。ととさんの痛いのは、肩や腕だけではなかったと思った。

――なにね、これでも勝ち戦《いくさ》かえ。勝ったとて、こんなに悲しいことばっかりじゃ。

日が経っても、ととさんの火縄銃は、戸口に立てかけられたままである。

「手入れなさるんなら、手伝いますよ」

と、かかさんが声をかけても黙っている。

昨日は、最後の力を絞るように鳴いていた名残の蟬《せみ》の声も絶えた。そっと隣の戸口まで行ってみたが、声も音もしないで、足もとに果てた蟬が一匹腹を見せていた。

みなが力の入らぬ暮らしとなって、玉づくりも休みとなっている。暑さのなかで火の仕事ができたのは、張り合いがあってのことだ。

「張り合いがあるときは、暑くても何だってできたのにねえ」

元気のないかかさんは、気の毒だ。

「ととさん、ゲンちゃんの代わりに、わたしが手伝ってもいいよ。ほんとうはわたし、男の子のすることのほうが好きなの」

と、きりもととさんに声をかけたが無駄だった。

勝ち戦《いくさ》の功労で、お持筒《もちづつ》では弾んだ場所もあったが、きりたち二軒はひっそりであった。


日が重なって、急に朝夕の風に胸もとをかき合わせるようになった。

「秋が深くなるのは寂しくて嫌だ」

と、ばばさんがつぶやく。

火縄銃が得意であったととさん。玉づくり火縄づくりに生き生きと暮らしていたかかさん。みな戦のためで、その戦に勝ったというのに、なぜこんなに悲しいことになるのだろう。どうしてこんなに萎《しお》れてしまうのだろう。

きりには、巡らしても、巡らしてもわからない。こういうことをたずねる相手はばばさんなのに、今は、そのばばさんまでが、萎れてしまっている。年老いて萎れる姿は、見ているだけで辛《つら》い。

よいのは、戦が絶えていることだけだ。

秋は雨が続くときがある。雨ごとにひんやりする。早い夕暮れの、その日も雨であった。

「ばばさん、おじさん、おばさん、さよさん、そしてきりちゃん！　お世話になりました。かかさんが死にました」

肩を濡らして、つゆがすっと戸口に立った。火鉢を囲んで、束ねた豊かな髪を揺らして、ふふっ……とさよと笑い合っていたつゆとは、まるで違う。ふっと消えてしまいそうで、影のようだ。

走り寄って、つゆを抱えたかかさんは、声をあげ泣いたが、つゆは泣かなかった。悲しいことも極まったら、涙も出ないのかもしれない。もうたくさん泣いてしまった後かもしれない。

——ゲンちゃ、ゲンちゃ。

きりも心のなかばかりで、声が出なかった。

そして、つゆたちの家の弔《とむら》いはすんだ。小さな、寂しい弔いであったが、お持筒《もちづつ》のみなの心のこもった見送りであったのは、きりにもわかった。それは、戦《いくさ》に勝ったということよりも、ずっときりの心を救った。でも、つゆもゲンも、どんなふうにしてこの悲しみを耐えているのかは、きりにはわからない。それが辛《つら》い。

――どんなに添わせてみても、その人の気持ちに代わることはできないんだね。

火縄銃は戸口に立てかけたままであったが、つゆとゲンの世話をしている間に、ととさんは抜けていた魂を取り戻したようだ。弔《とむら》いのあれこれに始まり、ふたりのために力を尽くした。鉄砲隊を束ねるお役の人も足繁く訪れ、つゆたちの行く末のことを話し合っているという。

「さあ、さあ」

と、かかさんも二軒の食事を用意して、力を添える。

「長生きは、辛いことを増やす」

と、ばばさんひとり気持ちを弱らせていて、きりはそっと側にいた。

十一　オモカル峠

「きりちゃん！　オモカル峠まで行かないか」

と、ゲンが誘った。ゲンが元気になってうれしい。オモカル峠は、山のお城をくるりとまわって過ぎた先にある。荷物をもっていると、峠への上りは重くて、下りになると軽くなることから付いた名で、「そんなら、どこの峠もオモカルの名になる」と、ゲンと笑い合ったことがあった。

川に沿ってゆるゆるとのぼる。その先に、新しく召し抱えられた人たちの村が見えるという。

「行っていいか」と、かかさんに問えば、「そんなに遠くへはだめじゃ」と、答えは決まっている。

――たずねなきゃいいのさ。

「行こう！」

きりは、ゲンの言うことなら、どんなことでも叶《かな》えたいと思っている。

――わたしの気持ちは、わたしが決める。わたしが決められないこと、どうしようもないことは、ほかにいっぱいあるのだもの。

そのあたりで遊ぶようなふりをして、久しぶりでゲンと並んで歩いた。ゲンはまた背が高くなったようだ。ゲンとゆっくりふたりきりになったら、あれもこれも言いたいと思っていたことがあったのに、みな忘れてしまった。

――いいの、こうして歩いていれば。

「きりちゃん、少し駆けるか」

と言われれば、

「いいよ」

と応じ、息をはずませた。

草を引いて口に当てて鳴らしたり、石を拾って川へ向けて投げたりと、久しぶりに元気なゲンで、ほんと、うれしい。

頭を超える木々の葉は、ときおり風に弱く鳴り、黄色くなった虫喰いの葉が、風に誘われて足もとに落ちる。

「おれのこと、心配したか」

とゲン。

「うん」

「ごめんな」

「わたしこそごめんね」

「なんできりちゃんが謝るんじゃ」

「わたしのととさんは、戻ってきなさったもの」

「よかったじゃないか。きりちゃんが謝ることなんか何もないよ。戦《いくさ》じゃもん。おれのとさんは、鉄砲が好きではなかったんだ」

「でも、鉄砲隊だったよ」

「ああ。鉛玉づくりがかかさんの病気のもとだって、そう思ってから嫌いになったみたいだ」

「病気は鉛玉のせいなの」

「おれにはわからん」

「わたしのかかさんも鉛玉つくっているよ」

「でも、おばさんは元気だ」

「うん」

「もういいよ。みんなすんだことさ」

また歩く。

風が過ぎる。

草が靡《なび》いて、木の葉が揺れる。

「オモカル峠へは、ほんとうにこの道でいいの」

と問うと、

「ああ、大丈夫じゃ。一本道はお城から見えるはずじゃ。敵が攻めてきてもすぐわかる。ととさんたちは、みなこの道を通って峠を越えて行ったんじゃぞ」

と言う。

越えて、また戻った人はいい。でも、越えたまま戻れなかった人がいる。きりは、唇を噛《か》んで歩いた。風は過ぎても、歩けば身体がほてる。

「もう少しだから」

と、ゲンはどんどん進む。

ふおっ！

景色が左右に広がった。両手をいっぱい広げたより広い。

峠だ！

峠だね！

「きりちゃん、ほら見ろ！　おれはあのずっと先の村に行くんだ」

と、腕も指も伸ばして指す。

「いなくなるんだね、ゲンちゃんは」

どこかに予感が隠れていたような気がした。

「うん。新しくお召し抱えになられたお侍《さむらい》の家へ行く。そこで鉄砲の上手になるんじゃ」

「そうかえ」

「ああ。ととさんもかかさんもいなくては、あそこには住めんもんなあ」

お持筒《もちづつ》の長屋は、鉄砲隊の家族が住み、鉛玉づくりや火縄づくりが女の仕事であることは、きりも知っている。

「そうかえ、行ってしまうんだね」

「うん。心配はいらないよ。おれは自分で決めたんだから。火縄銃の上手になると決めたんだから」

——わたしが自分で決めたのは、このオモカル峠へ来ることぐらいだ。ちいさいね。

「ゲンちゃんは火縄銃が好きだもんね。よくととさんを手伝ってくれたもんね」

「うん、もう何だって知ってるさ」

「つゆさんもいっしょかえ」

「いんや、姉さんは別の家へ奉公（他家に住みこんで家事、家業に従事すること）に行って、それから嫁に行く先が決まっているから。何も心配はいらないのさ」

「そうかえ」

——これじゃ、ばばさんと同じだ。

お嫁に行くというのは、華やかなこと、めでたいことと思っていたのに、どうして今は寂しくて悲しいのだろう。きりは、ゲンと並んで峠に腰を下ろし、ずっと先の薄く影になっている山脈を眺めていた。

「おれが出て行くとき、きりちゃん、泣いてはいかんぞ」

「泣くかもしれん」

「だめだ！　泣くのは嫌いだから。泣くな。ほら、指切りじゃ、約束じゃ」


そして、三日の後。

肩幅の広い男の人が迎えに来て、つゆとゲンはお持筒《もちづつ》を出て行った。肩に背負った風呂敷包み、胸に抱いた母親の骨箱。手に持つあれこれ。ゲンは笑顔で、つゆも櫛《くし》目の通った黒い髪をきれいに束ねていた。

「さようなら」

「元気で！」

「お世話になりました」

つゆは、秋の空気を切るような口調だった。前日の夜、きりのかかさんはふたりを招いて、互いに十分労《いたわ》りあった。涙も流し、思い出も、これからのことも話し合った。

「つゆさんもゲン坊も、この先はいいことに出合うよ。もう十分に耐えたもの。明日はええお顔でお出かけなさることじゃ」

と、添えたばばさんとの約束を、果たしているのであろう。

ととさんは、口薬入れと早合をゲンに与え、かかさんは、大事に眺めていただけの半襟《はんえり》をつゆに与えた。

きりは、オモカル峠で泣かない約束をした小指を振って見せた。ばばさんが、ふたりに手を合わせたので、

「まあ、ばばさん、仏さまにするみたい」

と、さよが言えば、

「笑顔の仏さまじゃ」

と言う。

約束通り、戸口で別れた。

——ほんとうは、途中まで送って行きたいのだけどね。

さよはいつまでも泣いていた。


そして、その夜。

きりたちにも、思いがけない将来が決まった。

「足軽旗を背中に、馬もなく走りまわる雑兵《ぞうひょう》は、敵も味方も同じじゃ。少し前までは、土

を耕していた者同志さ」

「敵味方に分かれて群れになると、訳もなく相手に勝とうという気持ちになる」

「そっと潜むひとりの兵に出会えば、はっと、自分がその人に何の恨みもないことに気づく。それが群れになると、人は自分の心も見えんようになる」

「何を境に敵と味方にならねばならんのかなあ」

「切り結ぶ相手が定まっておれば、ためらいも出るが、火縄銃は離れて構える。すると、自分の気持ちが添わなくても、焚《た》きつけられた憎しみで動くんじゃ」

ととさんは、戦《いくさ》で出合ったあれこれ、胸に溜《たま》っていたあれこれを、一気に吐き出した。

そして、最後に、

「わしはもう火縄銃は使わぬ。百姓に戻る。でもな、腕が利かんようになったからではない。わしの気持ちが決めたことじゃ」

と、言い切った。

けれど、そのとき、それ以上にきりを驚かせたのは、かかさんのことばだった。

「いいよ。あんたがそう言うのなら、それでいいよ。勝ち戦でもこんな目に合う。そんなら負けていたらどんなじゃ。ととさんの言う通りにしよう」

ばばさんの皺《しわ》の顔に涙がつたっていた。

「それがええ、それがええ。わしらには土を相手にするのが似合っておるわ。ととさんもかかさんも一刻《いっとき》の夢を見たんじゃ。張り合いのある日もほしいもんなあ。年をとると夢は早う覚めるだけじゃ」

「さよもきりも、百姓の娘に戻っていいかい」

と、かかさんがちょっとすまなそうに言った。

「わたしはいつもみんなの決めることでいいよ」

と、さよが言い、

「さよはそのうちよい嫁さんになるさ」

と、ばばさんが添えた。

――わたしもそう思うよ。わたしのようにこっそり思い切ったこともしないしね。

ばばさんは、またコメばあさんを相手に楽しみが増えるだろう。かかさんは働き者だから、ととさんの利かなくなった腕の分も引き受けて、野良で精を出すであろう。

――ととさん！　元気なかかさんは手強《てごわ》いよ。ふふ、ふ。

——姉さん、お嫁に行くのはゆっくりでいいよ。もう寂しくなるのはいやじゃ。ゲンのことは忘れない。

きりは、この冬またトシと行き来して暮らすことを考えると、お持筒《もちづつ》での日々が、夢ではなかったかと思うほどだ。

いつかコメばあさんが聞かせてくれたように、きりが出合った戦《いくさ》のことをトシに話すだろう。

——なんだって、伝えておかなければ、知られないまま忘れられてしまうものね。勝ち戦だって悲しいことがいっぱいあることを、いちばん伝えたい。

なぜかは、ゆっくり考えることにした。トシにも考えてもらおうと。

いっしょに考えたいことは、まだまだある。

ととさんは火縄銃を捨てたのに、ゲンはその火縄銃に救われて、新しい生き方を見つけ、新しい暮らしに向かった。むろん、ゲンが火縄銃の上手になることを願っている。でも、それがゲンの一生を幸せにするのかどうか、ととさんを見てきたきりの心は揺れている。

ゲンもきりも、いつかばばさんのように、年をとるだろう。

——ゲンちゃん、そのとき教えて！　火縄銃が幸せを運んだかどうか。

あとがき

この物語は、一枚のパネルに出会ったことから生まれました。十年前のことです。旅先のお城の展示室でした。そこには、戦国の世の女性たちが火鉢を囲んで、火縄銃の弾を作っている図がありました。「銃戦記談」の画で、「玉づくりは戦国期においては女性の仕事であった。……火縄づくりも女性の仕事……」と添えられていました。

いつかこれを材に書きたい、私の中に作品の種が蒔かれた瞬間でした。

どのような時代であったのだろう、どんなストーリーにできるのか、少しずつ少しずつわかったことを取り込んで、暖め育てて十年が過ぎました。

場所も登場人物もストーリーも、モデルはありません。長い時間の末、無の中からようやく舞台が浮かび、登場人物が生まれ、それぞれの人物が動き出しました。テーマは、登場人物を通しての自然な帰結でした。書き終えて、読者にバトンを渡した気分です。小学生から世代を越えて、多くの方がバトンを受け取ってくださることを願っています。

日常の話しことばの中ではあまり使われなくなったことばや表現も、避けないで使いました。

小学生には難しい漢字や表現もあると思います。少し背伸びをして、ひとつひとつではわからないことも、前後のストーリーや場面から想像し、読みとって楽しんでいただきたいと思っています。

そして、できれば、一部分でも声に出して読んでくださることを念じています。


たくさんの資料のお世話になりました。資料集めの道筋をつけてくださった野嵜東太郎様、大島国康様、そのご縁で古銃の使い手で資料を快くお貸しくださった浜澤夬様、お力をお借りした多くの方に、心より御礼申し上げます。

また、十年間よきアドバイスとともに、完成を待ち続けてくださり、本にしてくださった山本直子様、城を眺め、古い街並みに立つ旅にいつも同行してくださった友人に感謝いたします。

十年前、私の中に種が蒔かれたときから、作品にするときは是非にと心に決めていた高田勲様に、絵をお引き受けいただきました。この上ない喜びです。ありがとうございました。

最後まで読んでくださったみなさまに、深く感謝申し上げます。

二〇〇八年五月

桁原喜久子

参考文献と資料

『火縄銃』　所荘吉　雄山閣
『日本の火縄銃』　須川薫雄　光芸出版
「日本の古銃　総論編」　澤田平　堺鉄砲研究会発行
「松本城鉄砲蔵」　松本市教育委員会発行
「松本城の歴史」　日本民族資料館　松本市立博物館
『松本・中部の城下町』太陽コレクション城下町古地図散歩3　平凡社
「あい砲　十三号」　愛知県古銃研究会
「城からのぞむ　尾張の戦国時代」　名古屋市博物館
「関ヶ原を駆け抜けた武将」　名古屋市博物館
『江戸時代』　北島正元　岩波新書
『鉄砲伝来』　宇田川武久　中公新書
『日本庶民生活誌』　宮本常一　中公新書
『国友鉄砲の歴史』　湯次行孝　別冊淡海文庫
「おあむ物語」　湯沢幸吉郎校訂　岩波文庫収録
「岩村町郷土館案内」

松原喜久子（まつばら　きくこ）
一九三八年、旧満州国撫順市に生まれる。子育てのなかで児童文学と出会い、自らの体験を昇華させた「ひみつシリーズ」を完成させる。
児童文学の作品に『鷹を夢見た少年』（文溪堂）、『おばあちゃんのひみつ』『おひなさまのひみつ』『あの海のひみつ』（KTC中央出版）。随筆に『時のとびら』『えんどうの小舟』『花恋い』（KTC中央出版）、『ゆるやかな時間』（ゆいぽおと）など。
日本ペンクラブ、中部児童文学会会員。

高田　勲（たかだ　いさお）
一九三八年、島根県に生まれる。小説、ノンフィクション、子どもの本の挿絵を中心に活躍している。主な作品に『鷹を夢見た少年』（文溪堂）、『メイフラワー号の少女』『草原の風になりたい』（岩崎書店）、『タイムマシン』『海底二万マイル』（講談社）、『しろばんば』（偕成社）、『魔術師のくだものづくり』『沖縄の心を染める』『天と地を測った男』（くもん出版）など。
日本美術家連盟会員。

火縄銃と見た夢

２００８年６月28日　初版第１刷　発行

著者　松原喜久子
画家　高田　勲
発行者　ゆいぽおと
〒４６１-０００１
名古屋市東区泉一丁目15-23
電話　０５２（９５５）８０４６
ファックス　０５２（９５５）８０４７
発売元　ＫＴＣ中央出版
〒１１１-００５１
東京都台東区蔵前二丁目14-14
印刷・製本　モリモト印刷株式会社
内容に関するお問い合わせ、ご注文などは、すべて右記ゆいぽおとまでお願いします。
乱丁、落丁本はお取り替えいたします。

ISBN978-4-87758-419-1 C0093

ゆいぽおとでは、
ふつうの人が暮らしのなかで、
少し立ち止まって考えてみたくなることを大切にします。
テーマとなるのは、たとえば、いのち、自然、こども、歴史など。
長く読み継いでいってほしいこと、
いま残さなければ時代の谷間に消えていってしまうことを、
本というかたちをとおして読者に伝えていきます。